红楼之礼漫谈

钱亚旭　纪墨芳　著

四川大学出版社
Sichuan University Press

图书在版编目（CIP）数据

红楼之"礼"漫谈 / 钱亚旭，纪墨芳著. -- 成都：四川大学出版社，2024.4
ISBN 978-7-5690-6814-6

Ⅰ.①红… Ⅱ.①钱… ②纪… Ⅲ.①《红楼梦》研究②物质文化－风俗习惯－研究－中国－古代 Ⅳ.① I207.411 ② K892

中国国家版本馆 CIP 数据核字（2024）第 079903 号

书　　名：	红楼之"礼"漫谈
	Honglou zhi "Li" Mantan
著　　者：	钱亚旭　纪墨芳

选题策划：	许　奕
责任编辑：	陈　纯
责任校对：	许　奕
装帧设计：	胜翔设计
责任印制：	李金兰

出版发行：	四川大学出版社有限责任公司
地　址：	成都市一环路南一段 24 号（610065）
电　话：	（028）85408311（发行部）、85400276（总编室）
电子邮箱：	scupress@vip.163.com
网　址：	https://press.scu.edu.cn
印前制作：	四川胜翔数码印务设计有限公司
印刷装订：	成都市新都华兴印务有限公司

成品尺寸：	148mm×210mm
印　张：	4.125
字　数：	111 千字
版　次：	2024 年 9 月 第 1 版
印　次：	2024 年 9 月 第 1 次印刷
定　价：	39.00 元

本社图书如有印装质量问题，请联系发行部调换

版权所有 ◆ 侵权必究

自序

当文学遇见文化，当咖啡遇见茶

近些年，眼见中国经济"起高楼，宴宾客"，但说到待客之礼，却出现了个怪现象——专门给"土豪"量身定制的天价西方礼仪课，如雨后春笋般涌现出来，居然有人愿花 10 万元去学如何用刀叉优雅地切香蕉并送入口中。每每看到此类新闻，我不仅忍俊不禁，更觉可悲。中国人是富了，但不少人是"富而不贵"，为了摘掉"土豪"的帽子，视西方礼仪为圭臬。

殊不知西方礼仪更重"仪"，规矩特别多，甚至到了繁琐的地步，一顿英式西餐，少说 30 多种餐具，而说到坐姿，坐成几十度角都有讲究。不过，那也是源于西方中世纪城堡生活中贵妇人的家庭规约，据说有一本字典那么厚。而中华"礼"文化，除了要有一定仪式感之外，其实它更注重"仪"背后那种"礼"之精神。也就是说，如果没有背后那颗尊敬之心，再多鞠躬都没意义；如果没有背后那颗关爱之心，再多问候也流于其表。礼之精神，是中华"礼"文化的内核。我觉得作为中国人，应该对此深挖。这也是我的这本小书的第一个思考视角。

第二个视角，是摘一颗中国文学的瑰宝——《红楼梦》，选取一众"红楼名场面"，品读其中的"礼与非礼"，来感悟不同生命中的悲与歌以及红楼大观，让文学遇见文化。说到这个视角，也是自己的一点私心。人到不惑之年，虽不是"半生潦倒"，但却也无甚"鸿鹄之志"，试问自己的修养和见识足以托举如此皇皇巨著的品评吗？好在还有兴趣一说，加之早年对《红楼梦》霍克思英译本的一些研究以及自己西方文化批评的学术背景，也许会在跨学科的视角中发现一些新意吧，就像咖啡遇见茶。而之所以我敢碰它，最重要的还是研究热情。好的文学作品一定是犹抱琵琶半遮面，让你永远都有遐想空间，不失探究它的热情，而《红楼梦》自是其中翘楚。

每每读《红楼梦》，脑海中总有画面感，总是自我带入，会想如果同样的境遇，我又会如何说？如何做呢？而结果总会发现，就连《红楼梦》里的丫头们（绝不止一个）都比自己能说会做，真可谓"世事洞明皆学问，人情练达即文章"。每每觉得自己果真是读书读成了"呆鹅"，一点不懂人情世故，而且自己的语言更是被曹公那鲜花着锦、翠羽明珰般的遣词用典衬得尤为干瘪。终了终了，只能自己苦笑。而随后又想，也许很多现代人也有着与我同样的苦恼与尴尬呢？不妨我就大胆起来，去呈现我心中那个"一千个人，一千个哈姆雷特"式的解读吧，那就是让文学遇见文化，让咖啡遇见茶。起码读到这本小书，读者和我一样，既能稍稍领略到《红楼梦》中的妙人、妙语、妙情，还能对其中跟"礼"相关的物质文化、制度文化和精神文化探知一二，也就不失自己的创作初心了。

不过，话又说回来，如果真能把《红楼梦》这座中国古典文学高峰与中华"礼"文化有机结合起来，品评一二的话，自然也是有难度的。一是对"礼"文化的界定问题，二是"红楼名场面"的甄选问题，三是二者能否无缝对接的问题，恐怕都要带上作者更多的个人色彩了。虽然本书只是一本十万字的通俗小作，且我也不想让它浸染上过浓的学术色彩而失了趣味，但自觉框架还是要搭得严谨。所以，对于本书的核心概念以及内在逻辑，就此在自序中交代三点，希望读者于细节处能有阅读体验上的丝滑感，同时大观上也能清晰。虽难，但还是要端正态度，力争让

自 序

大家在这本小书中"又见树木又见林"。

首先,关于中华"礼"文化的界定和本书的内在逻辑。夏、商、周三代,是中华文明的滥觞。三代制度递相损益,至周而灿然大备。著名学者王国维在《殷周制度论》中曾说:"中国政治与文化之变革,莫剧于殷、周之际。"可以说,在中国传统文化中,自周始,礼乐文明渐成体系,周公予其魂,孔丘赋以魄。《诗·小雅·楚茨》有云"献酬交错,礼仪卒度",这也是中国典籍中关于"礼仪"二字的最早记载。但时至今日,又该如何界定礼乐体系?一来它的确博大精深,二来我们是否也需要一个时代视角去重新审视它,重构它,让它在当今焕发出时代异彩?我想对于像"礼"这样内涵太过丰富的"大词儿",确实一两句话难以界定,不如置其于一个文化框架内,逐层分析,起码逻辑清晰。

文化虽包罗万象,但大旨也可分为三层,即物质文化、制度文化和精神文化。如果用三个同心圆来表示的话,关乎吃、穿、住、用、行,实打实的物质文化在最外层,中层是"看不见却摸得着"的制度文化,而内层则是"看不见也摸不着"的精神文化。物质文化包裹在一个文化体的最外层,也是两种文明形态发生接触时,最好融合的部分。比如,让一个外国人学习用筷子吃饺子,就比让他学汉语容易得多,更别提指望他能理解儒家思想了。这是因为语言文字、政经典籍等,都属于制度文化,虽然抽象,但起码有迹可循,虽难却可学。然而,儒家思想关乎哲学与宗教,涉及中国文化的内核,外国人就算学了也不一定能理解,行为处事还是他们自由主义那一套;而中国人呢,就算不学,就算说不出来"三纲八目"这些儒家的核心思想,但其一辈子的行为轨迹,也大多跳不出"修、齐、治、平"这个框框。

其次,本书旨在循"物质文化—制度文化—精神文化"这个文化框架,再把"红楼之礼"编织进去,探讨其"仪"之规范及

3

其背后的"礼"之精神,并拷问其时代意义。故本书前五章侧重从物质文化视角出发,考察《红楼梦》中有关茶酒、服饰、器具与建筑方面的"礼"与"非礼";第六章和第七章从制度文化的角度出发,考察《红楼梦》中关于行医问诊与年节礼仪的古今变革;最后两章则力求探寻《红楼梦》中的精神世界,包括最精彩的红楼女儿们人性中的高光时刻,还有宝玉抗"礼"三部曲的真谛及其时代局限性。

最后,关乎本书的立意。作为一个文化学者,我看到的文化,它一定是上通下达的。文化研究不应是附庸风雅,而应是要上则通至国家利益和民族兴衰,下则到达心灵,品人性之幽微。身处时代洪流,我的另一个身份是时政评论员,天天滚国际新闻,深刻体会到在21世纪最大的地缘政治博弈——中美大国博弈背后,还潜藏着东西方文化的碰撞、博弈、交流与会通。恰巧自己对人文科学和社会科学都有些许涉猎,所以从宏观看,我对"红楼之礼"还多了一层文化政治学上的批判。

不提续写[①]中宝玉遁入空门这个结局,也能看到整本书浓重的玄幻色彩与佛道思想,也许这正是曹公给那个儒家思想僵化"礼教吃人"的世道所开的药方。至于这个方子是否管用?看看书中各色人物的命运,便可知晓。不过,虽然曹公的方子不灵,但他的确有时代敏感性,已经敏感地捕捉到了时代问题,并在笔下各色人物种种悲剧性命运中加以控诉。然而,曹公的时代局限性也显而易见,就在于他也只能让宝玉以另类人生态度诠释"悲喜千般同幻渺,盛席华宴终散场",终归是用一个"空"字来发出灵魂拷问。细想"空"字过后,他又能为当时的社会弊病提供何种解决方案呢?就连之后的洋务运动都失败了,李鸿章也只能

---

① 关于续写部分的作者本书并未提及,因据近年来的最新研究成果,绝大多数学者已否定了"高鹗续写之说"。

慨叹,自己做了个晚清政府"破房子"的裱糊匠。

可庆中华民族历尽百年屈辱,终渡劫波。如今,站在最接近民族伟大复兴的时代节点上,中华儿女更要看到东西方文化博弈的实质,说到底是中华民族能不能向人类文明提供一种不同于西方的社会发展模式。在这场世纪大博弈中,东风能否压到西风?亚洲能否崛起?中国能否为人类做出更大贡献?最基本的一点就是要了解我们自身,需要更深的文化自觉与自信。

中国文化历经千年沉淀,凝练于《红楼梦》中的"礼"文化,自然体现了中华民族独有的风俗与文化、精神与情感,正是那些已然内化于日常生活的"礼",才是中华儿女之魂,华夏大地之魄。所谓"不知礼,无以立",如果中华"礼"文化能在"五百年未有之大变局"这个时代大背景下重获新生,得以系统性重构中华文明之精神气质,必将为进一步丰富世界文明增添助力,为建构"人类命运共同体"贡献中国智慧。

下面,就让我们一起在文学瑰宝中,来一场精神散步,漫谈红楼之"礼"吧。

目录

第一章 红楼茶礼:人生百态茶中见 / 1
 一、以茶品人 / 1
 二、以茶攀人 / 5
 三、以茶训人 / 8

第二章 红楼杯酒:礼数之外的说法 / 13
 一、从"杯中酒"看宝玉的"孝"和贾母的"福" / 13
 二、红楼杯酒释人生 / 23

第三章 红楼华服:皇家御用的"云锦之礼" / 31
 二、云锦背后的皇朝之势 / 32
 二、云锦背后的非遗之礼 / 37

第四章 红楼建筑:二重世界中的"礼"与"非礼" / 41
 一、古典建筑中的礼制 / 41
 二、大观园里的乌托邦:一个"非礼"世界 / 46

第五章 红楼器具:礼制起源,藏礼于器 / 51
 一、礼器的由来 / 51
 二、明清茶器的发展 / 54
 三、茶器中的人物命运 / 57

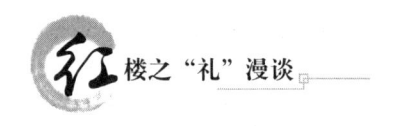

第六章　红楼医礼：医者、病者，各持各礼　/ 61
　　一、医者之礼　/ 61
　　二、病者之礼　/ 65
　　三、女性受诊时的禁忌　/ 69

第七章　红楼年节：礼尚往来？还是礼"上"往来？　/ 73
　　一、开祠祭祖之前的那些事儿　/ 73
　　二、不出十五都是年　/ 78
　　三、礼尚往来？还是礼上往来？　/ 83

第八章　红楼女儿：不同生命哲学中的悲与歌　/ 87
　　一、晴雯的"原罪"　/ 88
　　二、袭人的"本分"　/ 93
　　三、鸳鸯的"抗无可抗"　/ 97
　　四、宝钗的"空无可空"　/ 99

第九章　红楼大观：宝玉抗"礼"三部曲　/104
　　一、曲一：宝玉式傲慢　/104
　　二、曲二：选择？还是逃避？　/108
　　三、曲三："迷津"困境　/111

后　记　/116

参考文献　/119

第一章 红楼茶礼：人生百态茶中见

在中国文化中，"俗七件"是柴、米、油、盐、酱、醋、茶，而"雅七件"指琴、棋、书、画、诗、酒、茶。可见，茶在中国人的日常生活中，真是雅俗共赏，必不可少的。据说，《红楼梦》的作者曹雪芹是满族正白旗人，饮茶成癖，也是个品茶的专家。难怪小说中呈现出来的各种茶事茶礼，不一而足。单说小说中提到的茶名，有的在现实中可循，比如大家都熟知的西湖龙井和安徽六安茶；而有的则是超现实的，如贾宝玉梦游太虚幻境时，警幻仙姑让他饮的茶，名为"千红一窟"，谐音"千红一哭"，也看得出曹公的匠心巧思，以此作为红楼女儿们命运悲剧的隐喻。而再说作用，其实《红楼梦》[①]中有关茶的片段，往往都起着烘托人物和推动情节发展的关节之用。不妨大家就跟随我，从"以茶品人""以茶攀人""以茶训人"等众多"红楼名场面"中一起看曹公笔下茶之妙用。

一、以茶品人

《红楼梦》中的茶可不是随便喝的，不同的人饮不同的茶。

[①] 该版本以甲戌本、庚辰本等早期脂本为底本，同时吸取其他脂本精华，广受读者好评。本书所涉及的原文引用均出自该版本，下不赘述。

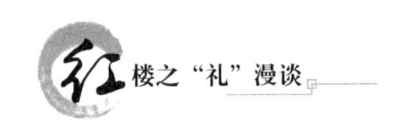

在封建社会，茶与人的身份有着严格的等级对应。可以说，从茶的优劣，就能看出饮茶人的身份；从茶的品类，就可品出人之性情。比如，贾母是贾府德高望重的老太君，她喜爱的茶正是老君眉，以此彰显她的富态高贵；宝玉放荡不拘，经常想入非非地说些"痴话"，内心深处实则似神仙般无牵无挂，逍遥自在，他选用的"神仙茶"也透出前世顽石、今生游历人间的隐喻；而林黛玉多愁善感，性子清高，饮用"龙井茶"方能显示其曲高和寡的性格；王熙凤嘴甜心辣，总想独揽大权，那被宝玉称为愈久弥香的"枫露茶"则最适宜她；至于其他一些仆人杂役，只能饮饮最为普通的"凡人茶"。可见，茶礼茶俗在《红楼梦》中的描写，不仅体现了当时封建等级制度的严格，而且往往通过"品"茶，才能感受到字符之外的人物情感。

以喜爱龙井的黛玉为例，小小一个茶叶，却也能从中透出黛玉的身世与性情。西湖龙井是中国十大名茶之一，产于浙江省杭州市西湖龙井村附近群山，因此而得名，具有 1200 多年历史。黛玉为何独爱龙井？多次用龙井招待宝玉，这也跟黛玉的出生地有关。黛玉之母为贾赦、贾政之胞妹贾敏，远嫁到姑苏林家，所以黛玉自幼在南方长大，自然喜爱产自苏杭的龙井茶。此外，龙井属于绿茶，口感青涩，正也合了黛玉的性子。黛玉之父林如海乃探花出身，而林如海之祖，曾袭过列侯，业经五世，既是钟鼎之家，亦是书香之族。贾府的宁荣二公虽军功出身，四大家族亦势力很大，却都不如林家有书香贵气。富到极致，依然是土豪，而贵族却需要至少三代的气质底蕴。正如王熙凤最喜欢炫耀娘家的贵重物品，特别讲究排场和热闹，而林家则把贵气融入血液，即便黛玉是女儿身，却也得到像男孩一样的教育，让她拥有从灵魂深处散发出来的书香清贵之气。如此妙人，定不会像王熙凤一样饮"枫露茶"，而独爱龙井。

再说整部小说中品茶最讲究的红楼人物，非妙玉莫属。那句有名的饮茶三杯论,即"一杯为品,二杯即是解渴的蠢物,三杯便是饮牛饮骡了",① 这就出自她口。自不必说,她说得好玩儿,引得宝钗、黛玉和宝玉都笑了,更重要的是,妙玉的高冷,在这看似玩笑话中尽透出几分,下文再叙妙玉吃茶的矫情,自不突兀。

　　先看妙玉何许人也?她本为仕宦人家小姐,自小多病,买了许多替身儿皆不中用,无奈只能亲入空门,在苏州玄墓山蟠香寺带发修行。林之孝家的赞她文墨也极通,经典也极熟,模样又极好。《红楼梦》十二支曲中还有专写她的第六支《世难容》,开篇就说她"气质美如兰,才华馥比仙"。再说妙玉本为姑苏人士,缘何又入住了大观园的栊翠庵?这段辗转中,其实也从侧面烘托出她的心高气傲。贾府在为元春省亲大费周章当中,妙玉同其他十个小尼姑、小道姑一起被"采访聘买"。但与他人不同的是,妙玉又是唯一受王夫人下帖盛情请入大观园栊翠庵的。只因妙玉以"侯门公府必以贵势压人"为由,拒绝了王夫人的第一次邀请,故王夫人又令写帖去请。而这些都为引出妙玉栊翠庵品茶时的矫情设下伏笔。

　　"栊翠庵茶品梅花雪　怡红院劫遇母蝗虫"写到妙玉两次烹茶,构思巧妙,意味深长。第一次煮茶,足见妙玉之七窍玲珑心,贾母说"不吃六安茶",妙玉便从容应答"这是老君眉",简短一语背后却有着周到的考量:时至深秋,贾母又刚吃过酒肉,须得选不伤脾胃的,故不能是绿茶,又须得是茶性温润助消食的半发酵茶,而老君眉既口感鲜爽解油腻,又柔和暖胃利养生;第二次煮茶,是妙玉悄悄拉了"好友"宝钗和黛玉去吃"梯己茶",宝玉悄悄跟去蹭吃,妙玉为钗黛二人特意拿出了"稀世"茶具,但读者若仔细推敲便可知是假古董,而后又说道起煮茶的水,黛

---

① 曹雪芹. 红楼梦脂评汇校本[M]. 北京:清华大学出版社,2022.

红楼之"礼"漫谈

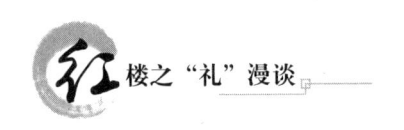

玉问是不是旧年蠲①的雨水,妙玉即刻露出嫌弃之情,嗔怪她品不出那是"五年梅花雪""竟是个大俗人"。

此外,妙玉还嫌弃刘姥姥用过的茶杯——成窑五彩泥金小盖钟,还说宁可砸了它也不肯收。就连脂砚斋都评:盖妙玉虽以清静无为自守,而怪洁之癖未免有过。更有趣的是,脂评还专门提了一句,说"世上我也见过此等人"。大家是不是也觉得熟悉?估计任谁都免不了遇见几个妙玉式的矫情人儿。著名文化学者林语堂也坦言:读完《红楼梦》,最喜欢探春,最不喜欢妙玉。而曹公妙笔,此处还偏偏又用了对比,实写宝玉对刘姥姥的怜悯之心,交代他如何跟妙玉讨要了茶杯交与刘姥姥,让其日后"卖了也可以度日",但同时也是侧写,妙玉的"怪洁之癖"再无须更多笔墨,早被宝玉的宅心仁厚反衬得跃然纸上了。且看二人的对话,真真感受到人若矫情至极,确实也能无敌。

> 宝玉和妙玉赔笑道:"那茶杯虽然脏了,白撂了岂不可惜?依我说,不如就给那贫婆子罢,他卖了也可以度日。你道可使得。"妙玉听了,想了一想,点头说道:"这也罢了。幸而那杯子是我没吃过的,若是我吃过的,我就砸碎了也不能给他。你要给他,我也不管你,只交给你,快拿了去罢。"宝玉道:"自然如此,你那里和他说话授受去,越发连你也脏了。只交与我就是了。"妙玉便命人拿来递与宝玉。宝玉接了,又道:"等我们出去了,我叫几个小幺儿来河里打几桶水来洗地如何?"妙玉笑道:"这更好了,只是你嘱咐他们,抬了水只搁在山门外头墙根下,别进门来。"宝玉道:"这是自然

---

① 蠲(juān),通涓,这里指将旧年的雨水密闭封存使之清洁之意。而黛玉之所以这样问,原也是因为妙玉先前向贾母奉茶时特意如此解释过。

的。"说着，便袖着那杯，递与贾母房中小丫头拿着，说："明日刘姥姥家去，给他带去罢。"交代明白，贾母已经出来要回去。妙玉亦不甚留，送出山门，回身便将门闭了。不在话下。（第四十一回）

此段还有一处脂批，更可谓是一针见血。宝玉"建议"自代妙玉将茶杯赠予刘姥姥，不必妙玉"和他说话授受"，否则"越发连你也脏了"。此处脂批是"人若忘形，最喜此等言语"。真叹曹雪芹和脂砚斋对人性的洞察力！人若爱听恭维话时，确实就已踏上自我膨胀的不归路了。妙玉闻言，竟越发清高起来，誓言若是刘姥姥吃过的杯子，定要砸了它也不给。后宝玉又说派人给栊翠庵洗地，妙玉又嘱让抬水的人别进山门，只搁在山门外头墙根下。寥寥数语，尽显妙玉生怕仆人进来污了她的山门。妙玉自诩为"槛外人"，却又生出如此强烈的差别心，比起宝玉这个"槛内人"，竟不及半分。更别说与愿意和刘姥姥共饮一杯好茶的贾母相比，那才真真的是威而不猛、富而不骄的贵气。

回头再看妙玉的判词——欲洁何曾洁，云空未必空。可怜金玉质，终陷淖泥中——预示着她虽天资过人，但最后却落得个"风尘肮脏违心愿"被贼人玷污的下场。不知曹公是否想借妙玉表达某种隐喻，讽刺某种人生，即最讲究的人落得个最不讲究的下场。所以说，任何礼数都要讲究个度，过度矫情，适得其反。

二、以茶攀人

《红楼梦》中有个丫鬟叫小红，本名叫林红玉，因为重了宝玉、黛玉的"玉"，就改名为小红。在怡红院干些粗活，打扫打扫园子，兼顾喂鸟、烧水。怡红院的丫鬟们也是分等级的，袭人

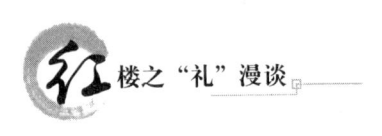

是首席大丫鬟，晴雯、麝月、秋纹、碧痕次之，按规矩只有她们才有资格贴身服侍宝玉，像小红这种等级的丫头是不能亲近宝玉的，但小红却偏偏要逆天改命，而她向上攀登的起点正缘于一杯茶。

先看出自第二十四回"醉金刚轻财尚义侠　痴女儿遗帕惹相思"中的"倒茶事件"。这一天，宝玉屋里的丫鬟们都有事出去了，只有宝玉一人，他口渴，只得自己下来，拿了碗向茶壶去倒茶。只听背后说道："二爷仔细烫了手，让我们来倒。"一面说，一面走上来，早接了碗过去。宝玉倒唬了一跳，问："你在那里的？忽然来了，唬我一跳。"那丫头一面递茶，一面回说："我在后院子里，才从里间的后门进来，难道二爷就没听见脚步响？"宝玉一面吃茶，一面仔细打量那丫头：穿着几件半新不旧的衣裳，倒是一头黑鬒鬒①的头发，挽着个鬟，容长脸面，细巧身材，却十分俏丽干净。很快秋纹和碧痕就抬着水回来了，她们看见小红在这里，先是紧张地四处环顾了屋内，又尽力骂了小红一番，让她也拿镜子照照，配递茶水不配！

这个擅自做主为宝玉去斟茶的丫鬟就是小红。对于小红，读者的评价历来莫衷一是，我倒觉得这也自然。一是说明曹公人物塑造得丰满，小红不是单向度的"纸片人儿"；二是因为经典之所以成为经典，它的叙事空间一般比较大，话不会尽说，给读者留白。小红缘何敢越级给宝玉倒茶？书中这样写道：

> 这红玉虽然是个不谙事的丫头，却因他有三分容貌，心内着实妄想痴心地往上攀高，每每的要在宝玉面前现弄现弄。只是宝玉身边一干人，都是伶牙俐爪的，那里插的下手去。不想今儿才有些消息，又遭秋纹等一

---

① 黑鬒（zhěn）鬒：这里形容头发乌黑稠密。鬒：黑发。

6

场恶意,心内早灰了一半。(第二十四回)

不过,功夫不负有心人。虽然小红在怡红院里没获得破格提拔的机会,但曹雪芹又在第二十七回,给她安排了另一次机会。这次是帮王熙凤跑腿办事,她做得完整利落,还带回了平儿的一段话。红玉道:

> 平姐姐说:我们奶奶问这里奶奶好。原是我们二爷不在家,虽然迟了两天,只管请奶奶放心。等五奶奶好些,我们奶奶还会了五奶奶来瞧奶奶呢。五奶奶前儿打发了人来说,舅奶奶带了信来了,问奶奶好,还要和这里的姑奶奶寻两丸延年神验万全丹。若有了,奶奶打发人来,只管送在我们奶奶这里。明儿有人去,就顺路给那边舅奶奶带去的。(第二十七回)
>
> 当时,一旁的李纨听得一头雾水,王熙凤就笑了:"怨不得你不懂,这是四五门子的话呢。"转而又向红玉笑道:"好孩子,倒难为你说的齐全。别像他们扭扭捏捏蚊子似的。"只这一回,凤姐一下子就相中了小红,赞她"口气简断",不像其他人"把一句话拉长了作两三截儿,咬文咬字,拿着腔,哼哼唧唧的",让人急的冒火。原来这小红能攀上凤姐的高枝,也是投了领导的脾气。最后,好不容易遇见一个好苗子的凤姐,直接向红玉笑道:你明儿伏侍我去罢。我认你作女儿,我再调理调理,你就出息了。(第二十七回)

小红聪明能干,敢攀会攀;凤姐慧眼识珠,快速提拔。于是,小红就从最低等的小丫头跳槽成了王熙凤的贴身丫鬟。在曹雪芹眼中,其实小红一点不小。试想,在那样一个封建大家族

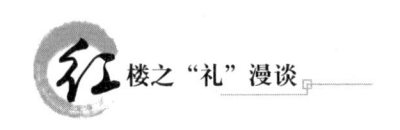

中，丫鬟之间还要讲个高低贵贱，但小红这样一个小人物，仅凭一己之力，便能改变自身处境，在现代社会，也完全可以成为一个独当一面的职场精英。尽管很多读者不喜欢小红，包括脂砚斋都评小红是"奸邪婢"，可曹雪芹却偏偏让小红的攀高枝，终成正果。也许，曹公也有他超越时代的小心思——即便有人卑微如泥，但其竞争意识从来都是光明磊落的，自主意识从来都是别具一格的，就值得认可。他认可小红，只因他认可这样的理念。真真觉得，被曹公安排得妥妥的小红，正是封建礼教禁锢下颇为清新动人的惊鸿一瞥！

三、以茶训人

提起宝玉，都知他最是怜香惜玉。而枫露茶事件中，他不仅气急败坏砸了茶杯，大骂小丫鬟茜雪，最后无辜的茜雪还成了整个事件的背锅侠，被撵出了贾府。对此，脂评都是：此乃一部中未有第二次事也。而这一连串连锁反应，都要从一杯枫露茶说起。从宝玉口中，我们得知枫露茶是要三四泡之后，才出味道的。宝玉本让自己的丫鬟茜雪备着，就等最佳时机再饮。没承想这个茜雪，可谓是怡红院里最不走运的丫鬟，一杯茶就断送了自己的后半生。只因她没看住宝玉这杯枫露茶，无意间被宝玉的乳母李嬷嬷要去喝了，接着就引来了好脾气的宝玉少有的"疯狂输出"。《红楼梦》第八回是这样描写二人对话的。

茜雪道："我原是留着的，那会子李奶奶来了，他要尝尝，就给他吃了。"宝玉听了，将手中的茶杯只顺手往地下一掷，"豁啷"一声，打个稀粉，泼了茜雪一裙子茶。又跳起来问着茜雪道："他是你那一门子的奶奶，你们这么孝敬他？不过是仗着我小时候吃过他几日奶罢了。如今逞的他比祖宗还大了。如今我又吃不着奶了，白白的养着祖宗做什么！撵了出去，大家干净！"说着立刻便要去回贾母，撵他乳母。

读到这里，大家也许会有些纳闷，李嬷嬷毕竟是宝玉的乳母，为了一杯茶，一向仁厚的宝玉至于又骂又撵还波及无辜的吗？我们要知道，表面上看，这件事的起因只是李嬷嬷"逾礼"错喝了主子的枫露茶，但其实之下还包裹了太多复杂的人情世故和时事变迁。其中，有宝玉对李嬷嬷长久以来倚势之态的积怨，而李嬷嬷引得宝玉怨气的昏聩做派又因贾府厚待下人的家风所致，而这其中还免不了牵扯到少男少女与她这个"老货"之间的精神鸿沟。

且看在几件事上李嬷嬷是如何招致宝玉厌弃的。其一，薛宝钗小恙梨香苑一回，宝黛二人前去探望，薛姨妈体贴他们，天冷让摆了"细巧茶果"，又热了酒让他们都"搪搪寒气"，宝黛钗三人品酒论杂学也是好不惬意。但其间李嬷嬷却两番劝阻宝玉吃酒，更让人恨的是，还偏偏在宝玉和宝黛姊妹说说笑笑"心甜意洽"时，专提小心贾政要问宝玉的书，让人"大不自在"。其二，除了枫露茶之外，李嬷嬷还拿走了宝玉特意跟东府讨了留给晴雯吃的豆腐皮包子，而理由竟是要给自己的孙子吃。此外，她还吃过留给袭人的酥酪。一副倚老卖老讨人厌的样子，难怪薛姨妈、宝玉、黛玉和一众小丫鬟都叫她"老货"。

当然，作者安排李嬷嬷专拿晴雯和袭人的好东西，应该还有另一层文学叙事上的用意——从二人对相同情况的不同反应可以看出其性情大不相同。虽然宝玉问起豆腐皮包子的去向时，晴雯并没有添油加醋，却也不顾当时宝玉是否醉酒，是否会动气，就如实回答，而且话一开头就是"快别提"这种晴雯式的快人快

9

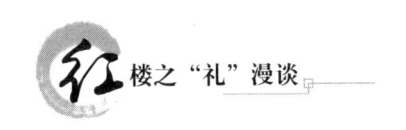

语，没承想是用了真话火上浇油，让一向温和善良的宝玉动了真怒。但袭人不同，往往她是隐忍的，会思虑更长，更会息事宁人。知道宝玉留给自己的酥酪又被李嬷嬷吃了，想到枫露茶前情，她就先说"多谢费心"来安抚住宝玉，接着又说自己吃了会坏肚子，李嬷嬷吃了更好，免了白糟蹋了，都是息事宁人之语。俗话说，性格决定人生，的确这些描写也为后文宝玉两个大丫头不同人生轨迹的演绎做足了铺垫。脂砚斋点评这个情节时说："奶母之倚势亦是常情，奶母之昏愦亦是常情。然特于此处细写一回，与后文袭卿之酥酪遥遥一对，足见晴卿不及袭卿远矣。"

话再说回李嬷嬷。红楼人物之所以引人入胜，原因之一就是任凭一个小角色，塑造得都丰满立体。李嬷嬷自是一个小人物，枫露茶事件后"已是告老解事出去的了"，出场机会大大减少。只十九回又回怡红院探望了一回，碰巧宝玉不在，见丫头们只顾玩闹，叹道"只从我出去了，不大进来，你们越发没个样儿了，别的妈妈们越不敢说你们了。那宝玉是个丈八的灯台——照见人家，照不见自家的。只知嫌人家脏，这是他的屋子，由着你们糟蹋，越不成体统了"。还有第五十七回写黛玉丫鬟紫鹃为试探宝玉的心思，就唬他黛玉早晚是要回苏州老家去的，说"终不成林家的女儿在你贾家一世不成？"但不承想竟吓出宝玉的痴病来。听了紫鹃一席话，宝玉便觉头顶响焦雷，一头热汗，满脸紫胀，眼珠儿直直的，口角便津液流出，皆不知觉。在这个大关节处，久未出场的李嬷嬷竟成了关键人物。一来，袭人等少不更事，见状不敢造次直接去回贾母；二来，李嬷嬷毕竟是宝玉乳母，视宝玉如己出，便被请来先看看情况。来了之后，急得又摸脉门又掐人中的，只说了一声"可了不得了"，"呀"的一声便搂着放声大哭起来。宝玉竟是"已死了大半个了"（袭人急怒憋口之语），这才有"慈姨妈爱语慰痴颦"的后话儿。

由此观，李嬷嬷这个讨人厌的"老货"，难道不是如慈母般疼爱着宝玉吗？平日做派虽然有些倚老卖老，但贾府一直都有"宽柔以待下人"的家风，"年高伏侍过父母的家人，比年轻的主子还有体面"，而她又是集千万宠爱于一身的宝玉之乳母，自然不免托大。宝玉之所以对她厌恶至极，可能也因古今中外的一个社会通病——代沟问题。对于宝玉一般年纪的少年少女来说，如果读书学习要被管教，课外活动要被安排，就连身边朋友也要被过问，一切都是"被"的话，自然会逆反。大人们，不如有些"边界感"，安全范畴内给青春期的孩子们一些个人空间。有时候，成人世界的思维方式和他们不同，就连薛姨妈批评紫鹃吓宝玉谎称黛玉要回苏州时都说"这会子热剌剌地说一个去，别说他是个实心的傻孩子，便是冷心肠的大人也要伤心"，侧面说出成人世界的冷硬。

说到这，还要提一下，我们都知《红楼梦》是曹雪芹讴歌女性的一部作品。但估计在他老人家心里，美好的女子定不包括像李嬷嬷这样的"老女人"。李嬷嬷的老，不在于其容貌，而在于他内心世界是否美好干净——沾染过多功利与世故的灵魂，自然干净不到哪儿去。李嬷嬷在宝黛钗饮酒笑闹好不自在之时，偏偏要以太太责罚、老爷问书为由进行劝阻，实乃扫兴。说到底，也是因为她对宝玉的关爱，并不是宝玉想要的。成人世界有太多责任、压力与无奈，孩童之所以天真烂漫也是因为他们不经世事，如此又为何让他们过早成人化而同样苦于世呢？不如就顺其自然，让他们在"大观园"中按自己的节奏成长，到头来"无心插柳柳成荫"，也未尝可知。起码不至于再多几个抑郁症患者。活在当下，放眼望去，不知从哪天起，忽然发现身边得抑郁症的竟多起来了，老的、小的、男的、女的，不分群体。

所以说，看看当今社会，再读读《红楼梦》，有时真会有"大解脱"之感。人生不过一首《好了歌》，像宝玉那样鄙视禄蠹，不求经济仕途，唯赞大观园众姐妹或清雅、或干练、或仁厚等一流人物品性，也算得是"人生有味是清欢"。不过，曹公单视大观园的女儿们为最纯洁的造化之物，也反映出清末儒家思想走向僵化的官场，让他和宝玉倍感窒息但又无处躲藏的社会现实。如果说有些许安慰，就是唯独从同样被封建礼教摧残的青春少女身上，看到了不同于腐朽男权世界的干净与精彩。曹雪芹通过宝玉之口，道出了他的审美观——男人都是泥做的，女人是水做的，这世上最为干净纯洁的"骨肉"。用蒋勋的话来说，这个大观园，仿佛是元春给这群正值青春年少的女孩子们的乐园，里面藏匿着青春最美好的时光。从这一层看，曹雪芹创作《红楼梦》，也算是在他的精神世界中"诗意的栖居"吧。对此，最后一章"红楼大观"里，还要展开谈一谈。

第二章　红楼杯酒：礼数之外的说法

说到用餐礼节，最基本的讲究都知道，是餐具不共享。西餐分餐的传统由来已久，自不必说。中餐不讲究分餐，但有"公筷"礼仪。高档一些的中餐厅里，用餐时，有两双筷子摆你面前：一双黑的，一双白的。白色为公，黑色私用，颜色不一，各有分工。但最尴尬的是，有时吃着吃着，忽然发现"一黑一白"早已分不清"哪个是哪个"，尤其是酒喝微醺，话到尽兴时。罢了罢了，礼数再多，感情不到位才是遗憾，而感情到位的话，就会有很多礼数之外的说法了。而《红楼梦》也不例外，其创作正值清末封建礼制社会鼎盛时期，里面关于宴请的名场面比比皆是。按理说，大家族聚会肯定礼数颇多，但小说中却多处出现饮酒时"二人共用一杯"的情节，着实反常。事出反常必有因，细读"二人共用一杯"的红楼场面，就能发现贾府生活中也有着礼数之外的说法。比如说，共用餐具背后是红楼人物之间非比寻常的情感，也体现出清代讲究"孝"和"福"的文化传统。此外，还有种种红楼杯酒释人生。

一、从"杯中酒"看宝玉的"孝"和贾母的"福"

《红楼梦》里有很多经典场面都离不开酒。比如，如果没有借中秋酒举觞痛饮，热衷功名利禄却郁郁不得志的贾雨村，就不可能借酒发挥，吟出"天下一轮才捧出，人间万姓仰头看"这般渴望成功的名句；如果没有一套木碗酒下肚，就没有憨态可掬、醉酒胡闹的"刘姥姥醉卧怡红院"；同样，如果没有酒作为媒介，也看不到史湘云那绝妙的酣醉美人图，更看不到依仗佯醉把贾珍贾琏兄弟玩弄于股掌间的尤三姐，宁府焦大"醉骂"贾府后代的堕落，从而也为下文贾府衰败埋下伏笔。总之，如果没有酒，就少了很多各具特色的红楼群像和只属于他们的名场面。

说到宝玉吃酒，名场面就太多了。上文刚提到的第八回"薛宝钗小恙梨香院　贾宝玉大醉绛芸轩"中，如果没有宝钗指点宝玉喝酒的杂学，就见不到黛玉心中的丘壑。话说宝玉和黛玉前后脚去看望偶感小恙的宝钗，薛姨妈请吃酒，见宝玉说不用把酒烫热，只爱吃冷的，宝钗便发表了一通被脂砚斋点评为"知命知身，识理识性，博学不杂"的饮酒论——

> 宝兄弟，亏你每日家杂学旁收的，难道就不知道酒性最热，若热吃下去，发散的就快，若冷吃下去，便凝结在内，以五脏去暖他，岂不受害？从此还不快不要吃那冷的呢。（第八回）

宝玉听这话有理，便放下冷的，命人暖来方饮。正如脂评，这一段足显宝钗为何被称为佳人。清代其他才子佳人小说中的女主，会一首歪诗、几句淫曲的，就自诩为佳人，岂不丑杀？

不过，有人可不这么觉得，比如一旁的黛玉。她闻言见状，嗑着瓜子儿，只抿着嘴笑，接着就借紫鹃让雪雁给她送小手炉的事，明着教训雪雁，暗里来奚落宝玉。只见她一面接了小手炉抱在怀中，一面笑道："也亏你倒听他的话。我平日和你说的，全当耳旁风，怎么他说了你就依，比圣旨还快呢！"这才是颦儿，句句尖刺，但毫无滞碍，真是可恨又可爱。此处脂评：要知尤物方如此，莫作世俗中一味酸妒狮吼辈看去。再说宝玉听这话，知是黛玉借此奚落他，也无回复之词，只嘻嘻地笑了两阵罢了。如此说，乃真宝玉也。又看宝钗反应，她素知黛玉是如此惯了的，也不去睬他。浑厚天成，这才是宝钗。所以，就宝玉吃冷酒这一事，牵出如此多的真性情，平日素不多见。

再说另一个宝玉吃酒的场面。《红楼梦》第四十一回描写到：

> 宝玉先禁不住，拿起壶来斟了一杯，一口饮尽。复又斟上，才要饮，只见王夫人也要饮，命人换暖酒，宝玉连忙将自己的杯捧了过来，送到王夫人口边，王夫人便就他手内吃了两口。一时暖酒来了，宝玉仍归旧坐。

多普通的一个日常，曹公却能从一个不经意的小细节，摹画出宝玉和王夫人的亲昵。乍一看二人共用一个酒杯，好似坏了贾府餐桌上的规矩，但这个礼数之外的体贴正体现出宝玉的一片孝心。王夫人上了年纪，宜喝暖酒，但换酒又慢，宝玉便忙将自己的酒，捧过去送到母亲口边，而王夫人也就他手内吃了两口，全程谁都没有半刻犹豫，动作如行云流水般一气呵成。

若再深究，这小小动作之下，还沉淀着更多"只可意会不可言传"的中国文化。宝玉对母亲有着拳拳孝心，而中国式孝顺中往往还透出一种严父慈母的意味。就算到了当代中国，古代很多理念都不可同日而语了，但"严父"这个形象，却无甚变化。早年间，王朔写过一本小说，叫《我是你爸爸》。关于父亲，他是这样定义的：父亲犹如阳光是我们无时不需，有时却又要小心躲避的东西。[1]

---

[1] 王朔. 无知者无畏 [M]. 沈阳：春风文艺出版社，2000.

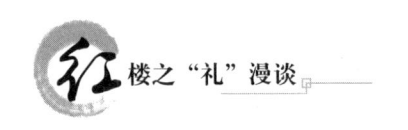

的确，宝玉与贾政之间的关系，就如同老鼠见了猫。贾政作为贾府"人、文、玉、草"四辈里"文"字辈中的中坚力量，不若自己的亲大哥贾赦那样好色，也不像东府真正当家人贾敬那般沉迷于修仙问道，的确是个儒生不假，也算是个正人君子。但从他对宝玉的态度可以看出，这个人头脑迂腐，就算正直也过于刚硬，连出个灯谜，答案都是又方又硬的砚台。

另外他还有大虚荣，第十七回"大观园试才题对额　荣国府归省庆元宵"中，贾政在一众清客陪同下检验大观园的基建工程，忽见平日素不喜读书的宝玉，便要试试他的功业进益如何。可谁知宝玉，虽然不爱四书五经，但偏偏有些歪才，"每日家杂学旁收的"（宝钗语），最后竟以"曲径通幽处""沁芳""有凤来仪"完胜其他清客的"叠翠""泄玉""淇水遗风"。贾政自是高兴，从众人对宝玉大加赞赏时，他要么"拈髯点头不语"，要么"点头微笑"的神态就可看出，那正是一个严父在偷着乐呢。不过，等他点评时，即刻换了另一副神态，张口闭口都是对宝玉的打压——别人赞宝玉"天分高，才情远"，不像他们都是"读腐了书的"，他就忙说"不当谬奖。他年小，不过以一知充十用，取笑罢了"，还说什么"畜生，畜生，可谓'管窥蠡测'矣"。意思是，纵然宝玉你今日表现得才情不凡，但终归也是竹孔中观天，所见有限；以瓢量海水，所得无几。

不知大家读到这儿，有没有种熟悉的感觉，我们身边也有类似情况——有时候就算孩子表现再好，有些家长心里也喜悦，但却十分吝惜表扬，甚至害怕孩子"飘"了，趁机再说教两句。的确，中国文化里讲究自谦，但过分的自谦未免对孩子鼓励不足，压制有余；再加上中国式的父爱如山，父亲常常过于含蓄，疏于表达个人情感，这样就很容易造成亲子关系中的距离感，甚至是疏离感。就像贾政见宝玉，一见面非骂即打的，整的宝玉闻父丧胆，远远见了都要绕道走，这回"大观园试才题对额　荣国府归省庄元宵"中也是绕道时躲闪不及,被抓了现形。不过,如此情节的安排,足见曹公"文似看山不喜平"的境界,若大章回,层峦叠嶂,且不失每个小细节,使得读者对红楼文字品之又品,仍回味无穷。此处,如若写成贾政专门叫宝玉来参与他们游大观园题对额的活动,那样的叙述就太"平"了,我们就看不到贾政宝玉父子关系中的微妙之处了,可就大大失了趣味。

说到这,再提一句满族文化中的孝道。满族人,是很讲究孝道的。1644年清兵入关,满族统一中国后,依然将"孝道"作为立国之本。我去山西五台山参观,发现多处碑匾有满、蒙、汉三种语言,寺庙构成也特别,是藏传佛教与汉传佛教并举之地。随处可见,青衣的和尚与红袍的喇嘛,青瓦庙堂与金顶寺院。后来一查,说是康熙、乾隆十一次朝拜五台山,均驻跸于五台山最大的藏传佛教寺院——菩萨顶。随之带来的,就是清初帝王非常推崇的藏传佛教,他们是利用藏传佛教"化导""柔顺"蒙藏民族,带入中原显然也有此意。但为何偏偏选中五台山?坊间颇为流传的版本是顺治出家于此。金庸《鹿鼎记》中就曾有这样的描述:康熙帝说自己的父皇顺治帝在五台山出家,他想去寻找自己的父皇,便命韦小宝假扮和尚到五台山出家,负责找自己的父皇并保护他的安全。另外,菩萨顶依山而筑,山门前是一段由108级台阶组成的石阶路,石阶路尽处,是一座七楼四柱三门庑殿顶牌坊,上有康熙帝御笔题写的"灵峰胜境"四个字。民间传说康熙帝在这块匾额里故意把"峰"字的三横写成两横,是为了表达寻父之意。但也有专家指出,历史上许多著名书法家笔下的"峰"字都是两横,康熙帝只是随大溜儿,绝无他意。当然,关于这些传闻,我们只是听个趣,旅途中的点缀而已。若想捕捉更多信息,我们不妨看看清初帝王们留下的有关孝文化的痕迹。

顺治皇帝颁布《圣谕六训》,第一训就是"孝敬父母",他下旨修订《孝经衍义》,工程浩大,至康熙二十一年方告完成。康

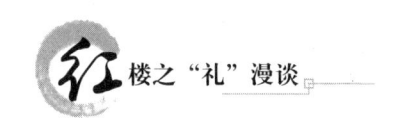

熙在《圣谕六训》的基础上,又颁布了著名的《圣谕十六条》,其中第一条就是"敦孝弟以重人伦"。到了雍正时期,又把《圣谕十六条》逐条进行解读,写成了一万多字的《圣谕广训》,对于"孝"文化进行了进一步的推广。满族敬老的风俗"俗尚齿,不序贵贱",使得人们在日常交往中不以社会身份的贵贱为标准,而是以年龄的大小来衡量,年老者受尊重,年少者表敬意,其文化熏陶,代代承传。沉淀到《红楼梦》这儿,怪不得"贾府风俗,年高伏侍过父母的家人,比年轻的主子还有体面"(第四十三回)。所以,在一次众人包围着贾母的小聚会里,尤氏凤姐儿等只管地下站着,那赖大的母亲等三四个老妈妈告个罪,都坐在小机子上了。关于小机子,下文红楼建筑里还会详述。

看到这,我们知道了满族文化有敬老的传统,但是关于中华"孝"文化的挖掘难道就此结束了吗?尤其是这个话题在当下也有很大现实意义。所谓"孝"的行为主体,可是二个,二象生四仪,四仪生八卦,这其中是一个互动的过程,互动就意味着不确定性。也就是说,亲子互动中很有可能会出现认知偏差。大白话就是,你觉得对他好的,他反倒不领情,甚至出现偏激行为,到头来好一个"我之蜜糖,彼之砒霜"。

就以宝玉与母亲共用一个杯子这个亲密举动为例,能否就此说明二人建立起了有效的亲子关系?非也。有效沟通意味着两种情况,一是达成一致,二则是更多情况下不好达成一致,此时更重要的是——即便互不相同,但也会努力彼此理解,从而尽量彼此尊重——这样就不容易产生心理隔阂,也就不会有积怨一说。那么,宝玉与王夫人能否做到相互理解和相互尊重?一个例子,就说王夫人听信谗言错把晴雯当作勾引宝玉的狐狸精撵出贾府时,宝玉深知晴雯是被冤枉的,得知消息后极不情愿,但却也只说了一句"我竟不知她犯了何等滔天大罪",便听之任之了。随后,虽然他也偷偷去探望过睡在破席子上病得奄奄一息的晴雯,而再次悲叹落泪，但为何当初就不能挺身而出为晴雯洗去冤屈而保在府中？说到底，宝玉只是个在封建父权制社会中无力反抗的贵公子，包括王夫人的意志，他都无力反抗。而这种无力感更是结构性的——时代与社会整体结构造成了宝玉自身的局限性，让他看到命运不公，却只能空悲切；日后遁入空门，也只是万念俱灰的另一场逃避，终究对任何事他都是无力回天的。晴雯惨死，他也只能待人去楼空、香消玉殒时空赋《芙蓉女儿诔》，无论喻其何等高洁之身，铿锵之情，终究无法挽回自家姐妹的一丝丝冤魂。从这个角度看，再细细品宝玉与母亲的关系，表面上看他们可以毫不避讳地亲密——共用一个杯子也好，拱在怀里撒娇也好，但同时也有着由于敬畏而产生的心理隔阂——二人不能交心。

所以问宝玉到底孝不孝？站在贾政的立场看，他肯定认为宝玉就是个不折不扣的不孝子，所以才有第三十三回"手足耽耽小动唇舌　不肖种种大承笞挞"，宝玉被贾政打得"面白气弱，底下穿的一条绿纱小衣皆是血渍……由臀至胫，或青或紫，竟无一点好处"。但站在现代人角度看，宝玉完全可以跑，可以反抗，可以据理力争，可宝玉在整个鞭笞过程中没有半点反抗行为，甚至都没半点怨恨之言。由此可见，宝玉是深受孝道思想熏陶的，自己对父母的安排说不出半个"不"字，对封建孝道是个彻底贯彻者。

可为何还有很多人像贾政一样认为宝玉不孝呢？这就要说到封建孝道还有另一层含义，即"官宦之孝"。宝玉出身名门，是典型的世家公子，即使得到北静王的赏识，如果没有考取半分功名，如果不得入仕为官，也无法得到"父权制"男性社会的普遍认可。所以，宝玉只是秉承着"儿女之孝"做到不忤逆长辈，显然在贾政眼中还是远远不够的。怪不得就连林黛玉在刚被贾府收养还不了解宝玉时，还借《西江月》中诗词"天下无能第一，古今不肖无双"来讽刺贾宝玉（第三回）。

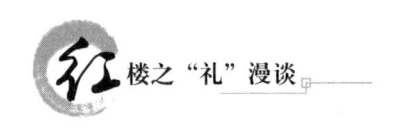

另外,还有一个文化误区需要指出——先秦儒家思想中的"孝"和曹雪芹所处晚清时代所讲的"孝",是两回事。如果我们把视角拉大,从宝玉被其父鞭笞致重伤看,"孝"文化从先秦儒家思想中诞生,一路发展到曹雪芹所处的清末时代,其内涵已经发生严重变形,或者说已经走向僵化。对于父亲打孩子的态度,《孔子家语·六本》曾记载,"小棰则待过,大杖则逃走……既身死而陷父与不义!其不孝孰大焉"。意思是如果只是轻打,是应该静静承受,但是如果是重杖,就应该逃走,因为如果孩子被父亲棒打致死,就会将其父置于不义之地,"不义"与"不孝"孰轻孰重?所以说,先秦儒家思想中讲究遵循孝道,还是具有一定理性和批判性的。但从贾宝玉当时的伤势看,非常严重,如果不是贾母及时赶到,他是完全有可能会被贾政活活打死的,这也从侧面折射出贾政和宝玉父子都深受走向僵化的"孝"文化毒害,悟不到其真谛,这也是另一出结构性的时代悲剧。

呜呼,看完宝玉被打,再看现在的孩子,是否觉得他们幸福多了?也不尽然,现代人有现代人的压力,有些苦也是古人不用吃的。就拿有些放假不愿回家的大学生说,我听他们总吐槽:从小就是学学学,没有半点自己的空间,真的已经抑郁了,终于上大学可以离开家了,所以只想逃离。我希望这是压力过大之后的反弹,当他们去往人生另一个阶段时,也许就会理解父母的苦心,再次和解。其实,人生是一个"正—反—合"的过程,每个人都要去经历他自己人生中的正与反,只有当好的经历和坏的经历相融合的时候,才会真正走向成熟吧,这个过程是他人无法代替的。但想不通这一点的家长,很可能就会出于"爱"帮孩子安排好太多事,不管他们是否喜欢,是否会接受。

我不想说这是一种自私的爱,因为中国文化自古以来就讲人情社会,和讲求一切理性化的西方文化相比,中国人的边界意识本来就模糊,所以父母本以为很爱孩子的举动,在孩子眼里却成

第二章 红楼杯酒：礼数之外的说法

了"被安排"，到头来父母觉得不被理解，孩子还觉得压抑、苦恼。说到这，忽然想到有个心理学家讲过，妈妈六次退出可以成就孩子的一生：1. 三岁退出餐桌，让孩子掌握自己主动吃饭的技巧；2. 五岁退出卧室，让孩子减少依赖；3. 六岁退出浴室，尊重孩子的隐私，从孩子独立洗澡开始；4. 八岁退出孩子的私人空间，让他们清楚就算再亲密的关系，都要给对方留有一定个人空间；5. 十三岁适当退出家务，父母越"懒惰"，孩子越早独立；6. 十八岁退出帮他们做选择，让孩子寻从自己的内心。其实，不管几次退出，我认为这就是让他们生理以及精神上"断奶"的一个过程。我们培养的目标，是让他成为一个独立的社会人。

钱钟书的夫人杨绛先生，在《走在人生边上》一书中，发表了她的百岁感言：原来生命与他人无关。听到这句话，您会觉得悲凉？孤独？还是感受到独立人格中精神上的大自在？到此，关于孝文化，我好像有点说多了。说一千道一万，就是想透过《红楼梦》挖掘"孝"在当下的时代意义——宝玉对贾政的"愚孝"，我们万万不要！而宝玉对王夫人那种有精神隔阂的肢体亲密，我也不喜欢。更深层次的认同，一定是价值观认同。而当今时代的日新月异，很可能三年就一个代沟，我们还奢望价值观趋同，会不会有点痴人说梦？那就不妨各退一步，爱对方之前，先观察观察他需要啥？对小如此，对老也应如此。您认为呢？

聊到这儿，关于"共用一杯"礼数之外的说法，还有一点没说完，我们还要沾沾"贾母的福气"。王熙凤喝贾母的半杯剩酒，也是一个经典情节，此情节出现在《红楼梦》第五十四回"史太君破陈腐旧套　王熙凤效戏彩斑衣"。大意为：一次在贾府家宴上，贾母被王熙凤逗得大笑，说最近都没什么让人痛痛快快笑一场的事了，很是高兴。但她辈分高，不可能去给王熙凤敬酒，这与礼不合，于是就让宝玉替自己敬王熙凤一杯酒，但是王熙凤更

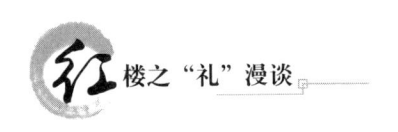

是会奉承，直接拿过贾母喝剩下的半杯酒一饮而尽，还说不用宝兄弟敬酒，她自己要"讨老祖宗的寿"。真不愧是凤辣子，快人快语，脑子转得是快！貌似直接拿了贾母的酒杯吃酒，坏了大户人家的规矩，但实际上那是会说话儿，更会哄贾母开心，所以她说喝的不是贾母的杯中酒，而是借着"破例"去沾贾母的福气。

说到贾母的福气，的确在《红楼梦》中可谓无人出其右。人们常说的"五福临门"，就包括长寿、富贵、康宁、好德和尽享天年，前八十回的贾母正是这"五福"的化身。贾母富贵，但却并无富贵带来的骄奢淫逸，反而是对待小辈和下人都非常体贴，从贾母身上能看到真正贵族的通体气派。"栊翠庵品茶"中让贾母十分满意的"老君眉"吃了半盏后，还不忘把剩下的让给刘姥姥喝，非但不嫌弃刘姥姥是个乡野老妪，还愿意把她当"老友"，愿意与她分享同一杯用"旧年蠲的雨水"煮的好茶，实在是一个和蔼可亲的老祖母。此外，贾母还乐善好施，否则怎么会有《红楼梦》第五十二回马道婆的情节：她借着宝玉脸被烫伤，就能从贾母那里得到每日五斤灯油的施舍，一方面可见马道婆的巧言令色，另一面也说明贾母疼宝玉，更显示出贾母乐善好施的本性。可以说，像贾母这样积德行善、广积阴鸷的老贵妇不聚福气都难。

这正说到，红学界对金陵十二钗各有褒贬，却唯独对贾母这一人物形象推崇备至。福、寿、才、德四字，人生最难完全。纵观宁荣二府，只有贾母一人四字皆全。而曹雪芹更是笔力惊人，对贾母这个形象的塑造，也完全突破了时代的束缚。所以，从前八十回中贾母的性情看，后四十回续作之中的贾母简直是另外一个人：她会当众责骂黛玉，完全没有了之前因疼爱自己远嫁之女贾敏而移情黛玉的"隔辈亲"，也没有了专给黛玉开的小灶和零花钱，更不会再把黛玉搂入怀中，有的只是阴险狡诈——她居然同意用狸猫换太子之计，把黛玉调包，骗宝玉最终娶了宝钗。由

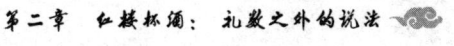

此可见，续作之人完全没有体会到曹雪芹对贾母的情感，也许现实中曹雪芹对祖母的记忆正是那样一个集贵气、福气于一身的老妇人，对贾母的塑造也藏有自己内心深处那抹最温柔的记忆。

二、红楼杯酒释人生

以上透过"杯中酒"，我们既看到了曹雪芹对孝道和福气的文学呈现，也重点分析了其内涵的古今流变。而《红楼梦》中还有很多精彩人物，演绎着各自的"杯酒释人生"。比如，有热衷功名利禄又借酒消愁的贾雨村，有酒醉情真且憨态可掬的刘姥姥，有酣醉花下形成一幅美人图的史湘云，有借酒佯醉戏渣男的尤三姐，还有那个最有名的"醉骂"东府不干净的老奴焦大，皆从不同侧面丰富了红楼群像。

的确，在洋洋大观的《红楼梦》中，开篇第一回"甄士隐梦幻识通灵　贾雨村风尘怀闺秀"就提到了酒。在写空空道人与石头对话时，曹雪芹假借石头之口，道出本书创作初衷。石头说："我半世亲睹亲闻的这几个女子，虽不敢说强似前代书中所有之人，但事迹原委，亦可以消愁破闷，也有几首歪诗熟话，可以喷饭供酒。"后面写到姑苏城门外十里街的乡绅甄士隐时，再次提到酒，且将酒与诗连在一起品。话说甄士隐乐善好施，邀请穷书生贾雨村到家中饮酒，而就在这一回，贾雨村喝醉了。雨村醉态却诗兴大发，吟出一首七言绝句，也一不小心吐露了自己的心声，只见他说："时逢三五便团圆，满把晴光护玉栏。天上一轮才捧出，人间万姓仰头看。"都说这是《红楼梦》中最霸气的一首诗，能听到贾雨村这个落魄穷书生不甘人下的心声——他要飞黄腾达，要出人头地，要得到人间万人敬仰。曹雪芹的布局谋篇堪称草蛇灰线，这里就有体现：只有借酒才让贾雨村吐露真言，

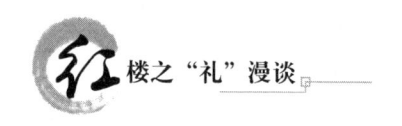

说明他骨子里就不是个光明磊落的人，热爱功名利禄的心被层层包裹，绝不轻易示人，即便面对自己的恩人甄士隐。这种城府与心机，不得不说是最好的伏笔，日后贾家兴他则攀附，贾家汲落他还落井下石，都是有迹可循的。而且，这个"大逻辑"，其实早在贾雨村对甄士隐知恩不报的"小逻辑"中便隐隐透出——他受恩于甄士隐得以高中入仕，但得知甄士隐走失的女儿英莲下落时，却畏于"贾王史薛"四大家族的势力，而选择明哲保身，真真是个没得底线的"禄蠹"！

说完最可恶的红楼"禄蠹"，透过杯中酒，咱们再说说《红楼梦》里最可爱的人物，莫过于人傻情真的刘姥姥。她是大观园里的段子手，那句"老刘，老刘，食量大似牛，吃似个老母猪不抬头"（第四十回）不知笑疼了多少姑娘奶奶的肚子。虽然她在大观园中甘愿扮演丑角，层出不穷地闹笑话，其实她才是那个"双商"在线的人——论智商，是她想到在不好过的年关里带上孙子组成个黄金搭档，去贾家攀亲戚打秋风，比起她那个只会发脾气的穷女婿强太多；论情商，她能二进荣国府，玩转大观园，就连凤姐还求她给自己的女儿巧姐起个名字，说"你贫苦人起个名儿，只怕压的住他"。话说就是这么一个村野老寡妇，膝下无子，只是和女儿、女婿一块儿守着几亩薄田勉强度日，也无甚见识，如果说没点胆识，还真不敢孤身探贾府，估计能摸到京城荣国府的门儿就很不错了，可刘姥姥却凭一己之力都做到了。

她人生中最精彩的画面，应该非"二进荣国府"莫属了。一进贾府只算认了个门，好不容易见到了管家奶奶凤姐，得到了够他们庄户人家过一年的二十两银子，千恩万谢后也就欢喜而归了。而这刘姥姥虽穷苦，却也是个重情重义的老太太。这二进贾府，就是她是带着孙子板儿和瓜果蔬菜去送回礼的。有幸的是，这次还见到了贾母，刘姥姥立刻抖个机灵，上来就说"给老寿星请安"，话说得巧妙，让贾母心里甚是喜欢，所以设宴款待刘姥

第二章 红楼杯酒：礼教之外的说法

姥。酒席上凤姐戏弄刘姥姥灌她喝酒，这才有了后来的红楼名场面"刘姥姥醉卧怡红院"。

贾母和刘姥姥是红楼梦中两个典型人物，一个是贵族社会的老太君，一个是农民社会的老太婆，可谓是风马牛不相及的两个人。但曹公偏让这两位有机会闯入各自生活，如此安排倒让我们看到了一种别样的人生张力——贾母虽钟鸣鼎食，却能厚待刘姥姥，足见其雍容宽厚的气度，真正的贵气一定是有格局撑着的；而刘姥姥呢，虽穷苦出身，但苦难也给了她一种生命的厚重感，让她把事儿看得透，走到哪儿都能不卑不亢，真诚待人。不论是酒桌上逗大家开心，还是日后搭救巧姐，她都活出了一个"真"字。所以说，女人干吗要怕老？有的女人还没老，就已然活成了颗"死珠"，甚至是"鱼眼睛"。① 但像贾母和刘姥姥这样的，他们虽然身处不同的生命境遇，却都活出了各自的真善美，他们永远都是"无价之宝珠"。

说完"老宝珠"，下面再说个"小宝珠"。若论红楼酒醉画面哪个最绝美，莫过于睡美人史湘云了，真可谓"真名士自风流"。史湘云本是侯家小姐，但自幼父母双亡，抚养她的婶母又待她不好，在家里一点主都做不了，针线女工都需自己动手，每被问及她便红了眼圈，贾母舍不得她就接她来大观园中居住，于是史湘云成了大观园中的重要人物。史湘云就其身世来讲与林黛玉有相似之处，她们都是父母双亡，无依无靠投奔亲戚寄人篱下，但两人性情却大不相同。林黛玉多愁善感，多疑任性，性格内向；史湘云却活泼开朗，性情豪爽，性格外向。大观园的聚会里，只要有她在就总能欢声笑语。说到这样绝妙的人物，该如何烘托？曹雪芹想到了酒，所以才

---

① 此处"死珠""鱼眼睛"之说，出自《红楼梦》第五十九回，春燕提到宝玉曾评价女性的言论。大意为女孩出嫁之前，恰似一颗无价之宝珠，而出嫁后便不知怎地生出许多毛病，如同没有光彩的死珠，再老些，更变得不是珠子，竟是鱼眼睛了。

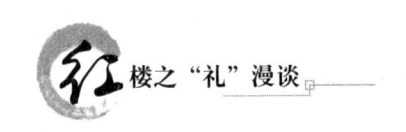

有了文学史上经典的一幕——湘云醉卧青石板，香梦沉酣，满身花影，四面蝴蝶蜜蜂嗡嗡嘤嘤，众姐妹见状忙上来扶她，又是爱，又是笑。第四十九回"琉璃世界白雪红梅　脂粉香娃割腥啖膻"写到众人聚在芦雪庵即景联诗，唯独宝玉和湘云差园中老婆子们拿了铁炉、铁叉、铁丝来烧鹿肉，引得众姐妹纷纷闻香寻来，只看得林黛玉笑道："那里找这一群花子去！罢了，罢了，今日芦雪广遭劫，生生被云丫头作践了。我为芦雪广一大哭！"史湘云冷笑道："你知道什么！'是真名士自风流'，你们都是假清高，最可厌的。我们这会子腥膻大吃大嚼，回来却是锦心绣口。"哈哈，见过怼人的，没见过怼得又高雅又过瘾的。面对牙尖嘴利的颦儿，湘云却不输半毫，此乃"真名士自风流"。

不过，《红楼梦》里还有很多非名士的饮酒场面，其中之一就是曹雪芹寥寥数笔就勾勒出的一个独特人物——借酒醉骂主子的焦大。焦大醉酒有三骂：一骂赖二，二骂贾蓉和贾珍，三骂整个贾府。纵观整部小说，骂得最昏天黑地、惊心动魄的就是他了。仅一句"爬灰的爬灰，养小叔子的养小叔子"，那是说出了多少人早就心知肚明但却不敢吐露半句的贾府腌臜事。因为爆料太猛，焦大立马被捆起来，用土和马粪满满地填了一嘴。不过，这个处罚可算是轻的了，换成别人还不知道是个什么下场。只因贾家老祖宗宁荣二公是开国功臣，军功起家，焦大从小就跟着太爷宁国公出生入死，老太爷当年的命都是他从死人堆里捡回来的，所以其地位自然不是他人能比的，而他对贾家感情的厚重也是他人所不及的。所以说，他骂的着实不多，但潜藏的东西可不少，估计平日里都是压在他心头的。而至于他之所以敢骂，估计是知道被安排了伺候小主子们的差事，心中大不喜，借着酒劲儿往外大倒苦水——他骂贾家后代，那是因为担心他们败家，败了祖宗留下的基业。其实，这是非常动人心弦的一幕。焦大一针见血，切中了贾府的要害，他的醉骂是真情流露，毫不掩饰，也不留半点情面，所以才具振聋发聩之力。他的怒吼也预示着贾府的命运：主子们听不进去这些忠言逆耳，最终只能落得曲终人散的悲惨下场。

说到这，关于焦大口中的腌臜事，咱们自然也是要提一两句的。正好其中还有个红楼饮酒的名场面，那就要提到整部小说中形容最妩媚、性子最刚烈的奇女子——尤三姐。曹公对她入木三分的刻画，也借了不少酒力，且看尤三姐是如何借酒佯醉戏渣男的。

先表尤三姐如何是一个敢爱、敢恨、敢作、敢为的烈女。她认为终身大事非同儿戏，必须要找个称心如意的人才可以嫁给他，而不能像尤二姐那样随便就做人家的二房。这个婚姻观就是放在现在，也是值得赞赏的。三姐对柳湘莲心仪已久，情有独钟，并且暗自许下非他不嫁的誓言，如不相见，她便要从今日起吃长斋……"他若一百年不来，我自己修行去了"（第六十六回）；而当她听到柳湘莲有意解除婚约之时，只当他在贾府中听了什么话来把自己也当作"淫妇"，真属跳进黄河也洗不清，最终不得以死去证明自己的清白，用柳湘莲赠予的定情信物鸳鸯剑，毫不犹豫地割断了自己的喉咙。尤三姐既不是"四春"一般的小姐，又不是凤姐一类的奶奶，也不是袭人、晴雯一样的丫头，而是从贫穷境地奋力崛起的一个小家碧玉，但却有着独具一格的洒脱泼辣，坚定果决。虽然结局悲惨，却也明了志向，遂让柳湘莲无地自容又追悔不及，从而遁入空门。

尤三姐如此鲜活的一个风流人物，曹公又是如何描摹刻画的呢？我觉得还不仅仅体现在她对其多舛命运的决绝上，这是正写，好文章一定是"文似看山不喜平"的，还要有很多不同的侧写、皴染，这样人物才丰满，行为逻辑才顺畅。所以，曹公就给她安排了一场酒桌上的好戏，可谓是道尽了尤三姐不甘受辱的决心、调戏渣男的智慧以及对命运不公的无奈。说到无奈，人人都有生活中的无奈，但有些人只会被生活按在地上使劲摩擦，但有

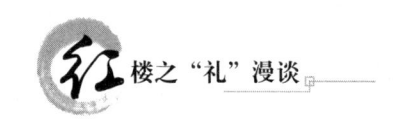

些人被摩擦后还会翻身上马，来一场对生活的反摩擦。就像尤三姐，谁说自古只能男的调戏女的？待女人调戏起男人来，更是让他们吃不消的。这还要从尤三姐的身世讲起。

其实，尤二姐和尤三姐只是贾珍所谓的妻妹，因为二人与贾珍之妻尤氏并没有血缘关系，都是尤老娘改嫁尤氏老爹时带来的孩子，皆是和前夫所生。由此看，能带着两个孩子改嫁到尤家，想必尤老娘年轻时定是有几分姿色的，所以才能生出二姐、三姐这对尤物来。为何曹公让他们姓尤？应该也有此意吧。后来二姐、三姐的继父也死了，家里日子过不下去，尤老娘便带着二人进京投靠了嫁入宁国府的继女尤氏。而宁国府住着谁？大当家的贾敬，终日修仙问道不问家事，故而家里就由其子贾珍实际管理。而贾珍又是什么货色？就是焦大怒骂中，那个和儿媳妇秦可卿"爬灰"的老公公。眼见来了两个标志的风流人物，尤其是尤三姐光模样儿好不说，又偏爱打扮得出色，自有一种万人不及的风情万种。弄得贾珍和贾琏这两个大渣男，皆对二人馋涎已久。贾琏是偷娶了尤二姐做二房，但尤三姐则人间清醒，不愿像姐姐那样遭人玩弄。但又怎奈偏偏寄人篱下，且篱下还多色狼，实在没有办法，那就只能用泼辣作为武器，来捍卫她自己的清白了。这就说到，一次贾珍、贾琏这些草包公子哥儿想借酒调戏尤三姐，没承想却反被尤三姐佯借醉态，风情万种地嬉笑怒骂了一顿，就连情场老手贾琏都把酒给吓醒了。

对于尤三姐的泼辣妩媚，以程乙本为底本的《红楼梦》原文描写得酣畅淋漓：

……只见这三姐索性卸了妆饰，脱了大衣服，松松地挽个髻儿，身上穿着大红小袄，半掩半开的，故意露出葱绿抹胸，一痕雪脯；底下绿裤红鞋，鲜艳夺目；忽起忽坐，忽喜忽嗔，没半刻斯文，两个坠子就和打秋千一般，灯光之下越显得柳眉笼翠，檀口含丹。本是一双秋水眼，再吃了几杯酒，越发横波入鬓，转盼流光。真把那珍琏二人弄的欲近不敢，欲远不舍；迷离恍惚，落魄垂涎。再加方才一席话，直将二人禁住。弟兄两个竟全然无一点儿能为；别说调情斗口齿，竟连一句响亮话都没了。三姐自己高谈阔论，任意挥霍，村俗流言，洒落一阵，由着性儿，拿他弟兄二人嘲笑取乐。一时，他的酒足兴尽，更不容他弟兄多坐，竟撵出去了，自己关门睡去了。①

大家看这段文字里的尤三姐是不是太有魅力了？而这还只是以程乙本为底本的稿子呢，再看周汝昌等红学家力推的庚辰本，用词更"浪"。其中，说到尤三姐吃了几杯酒后的一双秋水眼，不再用程乙本的"横波入鬓，转盼流光"来形容，用的是"饧涩淫浪"②；显然，前者更雅，后者更"浪"。"浪"得更具感染力！而这段的妙，还不能少了末了一句。就在尤三姐极尽能事勾得珍琏两渣男"迷离恍惚、落魄垂涎"，又由着性儿地拿二人嘲笑取乐了一番后，咔！名场面到此戛然而止！这话儿怎么说的？那是尤三姐故意的狂放与凌厉，比爷们还爷们，超出他们的认知，跌掉他们的下巴。此时，美貌只是三姐的武器，借着酒劲把让她厌恶的男人玩弄于股掌之间。

我想当时的尤三姐应该是很快乐的，然而就没有悲伤吗？快乐只是一时的，悲伤才是红楼女儿的宿命。尤二姐吞金自逝，尤三姐拔剑自刎，或懦弱、或刚烈的性子，不论哪个终究是一个下场。只能说这是时代悲剧，就算三姐比二姐看得透彻，但又逃得

---

① 曹雪芹. 红楼梦：东亚版 [M]. 郑州：中州古籍出版社，2023.
② 曹雪芹. 红楼梦 [M]. 北京：人民文学出版社，2022.

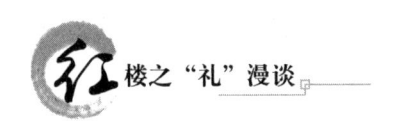

脱吗？还不是只能借醉酒撒泼才能一时自保，但最终也无力与命运抗争。感谢曹公，让我们现代读者得见这么多精彩绝伦的古代女子。不过，同时也叹封建社会里你就算当个王妃、太太或小姐，又能如何？生存空间同样被压榨得所剩无几，让你无处遁逃。

总之，红楼杯酒释人生，道尽红楼情外情。

第三章　红楼华服：皇家御用的
　　　　　　"云锦之礼"

自古，华夏民族讲究"束发右衽"，原因是中原之外的夷狄，成天蓬头垢面，衣服的大襟向左掩去，这种不修边幅的装束，被称为"披发左衽"，故而"束发右衽"就是为了让自己的装束区别于蛮夷，以确立正统。儒家文化强调身体发肤受之父母，毁伤有罪，所以不剃发，而且每天早起都要梳头，梳好后把头发绾成发髻，上面用一块帛或布包裹，再用簪子穿过去，把它固定住，然后戴冠，冠两边又有缨带，带的当耳处有玉制饰件，缨带在颔下交结后下垂；上衣都是"右衽"，即大襟向右方掩去，左压右；腰间有两条腰带，一条是束衣用的布带，另一条是可以挂物件的革带。古人这一套下来，估计没半小时不能出门，不像现代服饰已简化很多。古代服饰之所以如此繁复，这跟士文化有关。士人或君子认为只有如此穿戴整齐了，才能面对他人，体现的是其严肃的生活态度和高雅的审美情趣。用现代话说，就是衣服不在贵贱，一定要讲究，才有体面。当段子讲，还可以说成：人可以没有长相，但不能没有形象。所以说，中国文化对着装以及形象的讲究，由来已久。

而中国古代社会中关于服饰的演进，往往随着历史审美趣味的变化而变化。比如唐代社会发达，民风开放，衣着风格也较为大胆；宋代在程朱理学的影响下，思想偏保守，也反映在妇女着装的严谨上。再看清代，与其他朝代服装大不同的是，

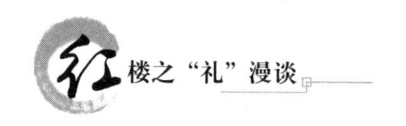

清代织造技术更高。曹雪芹的祖父曹寅，也是康熙乳母的儿子，时任要职江宁织造，江宁织造的云锦可谓在一众红楼人物身上大放异彩。而《红楼梦》讲的正是顽石人世，在"花柳繁华地"和"温柔富贵乡"中的一段公案，有了云锦的加持，的确可见红楼华服的魅力。且看王熙凤的出场，可谓惊艳全场，只见她"身上穿着缕金百蝶穿花大红洋缎窄褃袄，外罩五彩刻丝石青银鼠褂，下着翡翠撒花洋绉裙"。（第三回）没错，她所穿的就是我们中国文化中非遗级别的云锦。下面就让我们一起走进红楼云锦背后的礼与情。

二、云锦背后的皇朝之势

在古代，丝织物中的"锦"代表着织造技术中的最高水平。而江宁织造的云锦，集历代织锦工艺之大成，位列中国四大名锦之首，元、明、清三朝均为皇家御用贡品。云锦如何得名？锦，金也；锦色光丽灿烂，色彩美如云，故曰云锦。因其用料考究，织造精细，图案精美，锦纹绚丽，格调高雅，被世人称赞为"寸金寸锦"；又因它浓缩了中国丝织技艺之精华，不仅与蜀锦、宋锦并称为"中国三大名锦"，更是被誉为"锦中之冠"。《红楼梦》中王熙凤出场穿的"缕金百蝶穿花大红洋缎窄褃袄"和"五彩刻丝石青银鼠褂"，史湘云"扮小子样儿"时里面穿的"水红妆缎狐肷褶子"，还有北静王的"江牙海水五爪坐龙白蟒袍"，以及薛宝钗的"玫瑰紫二色金银鼠比肩褂"，皆出自云锦。

因为写这本书，我还专门去了两趟南京的江宁织造博物馆。

第三章 红楼华服：皇家御用的"云锦之礼"

记得第一次看到"金宝地"①图案时，一下子被它无比复杂的图案及配色所折服，当时就发了个朋友圈感叹：就算今天用电脑做也达不到它那种程度啊！唯有盛世之国才能出品云锦，这是一种盛世之势。走出博物馆，顿感对大观园金陵十二钗的华装又多了一层感性认识。的确，如果作者没有亲身经历的话，着实难以描摹云锦的各种奢华，这里也映照出现实中曹雪芹的身世。

走进南京的江宁织造博物馆，映入眼帘的就是"清代历任江宁织造简表"，其中就包括曹雪芹的祖父曹寅（1692—1712）。曹寅，汉军正白旗人，其母为康熙奶妈，因而得以掌管鼎盛时期的官办工厂江宁织造府——它除了是皇商衙门，还兼"密报"职能，替皇上监控江南。曹雪芹的祖母，也是贾母原型，据说是当时苏州织造府掌门人李煦的妹妹。另外，曹寅母亲娘家人孙成文还掌控着当时的杭州织造府。如此看，所谓"江南三织造"——包括主刺绣的苏州织造府、主丝绸的杭州织造府和主云锦的江宁织造府——三家同是包衣之家，又沾亲带故；再加上由皇室控制的北京织造府和曹寅之母的关系，"江南三织造"都算是皇亲国戚。有如此家世、身世，曹雪芹应该才能创作出贾、王、史、薛四大家族的叙事空间，而云锦的诞生也见证着当时王朝的鼎盛之势。

南京云锦，为何能成为皇家御用之物？只因它出道即巅峰。先说云锦的诞生。东晋建康设立了专门管理织锦的官署，叫锦署；后至元、明、清代，云锦多用于制作服饰，由于它巧夺天工自然成为皇家御用贡品；进入皇家后，又按照品种细分为妆花、织金、库缎、库锦几大类；在清代，云锦的专门机构叫江宁织造

---

① 金宝地：是云锦中最具特色的传统产品。按分类，它是妆花的一种。论工艺，它运用了金线不同光泽的特点，以圆金线织成金地，在金地上织出五彩缤纷的花纹，并用扁金线织制成大片锦纹，衬托其间。看成品，金彩辉映，灿烂夺目。

府，江宁织造府的繁荣在一定程度上就是云锦的繁荣。从清顺治二年江宁织局恢复生产，到光绪三十年停止制造的历史中，曹氏三代四任织造，在曹雪芹祖父曹寅任职期内达到全盛。由此可见，正是有着江宁织造府中的耳濡目染，曹雪芹笔下才能诞生穿着"缕金百蝶穿花大红洋缎窄褃袄"的王熙凤、穿着"江牙海水五爪坐龙白蟒袍"的北静王和在梨香院会宝玉时穿着"玫瑰紫二色金银鼠比肩褂"的薛宝钗。可以说，云锦与《红楼梦》有着不解之缘。

说到云锦的制作工艺，是极为复杂的。它不仅继承了中原地区历代织锦工艺的优秀传统，而且还融合了少数民族丝织工艺的宝贵经验，从而得以发展到丝织工艺的巅峰，位列"中国三大名锦"之首。就工艺流程而言，要经过纹样设计、组织设计、挑花结本、织机装造和织造等多个环节，其中以"挑花结本"最为复杂和关键，即将纹样画稿用丝线打结后编织成花纹样本。参观江宁织造博物馆时，介绍说一般经验非常丰富的老师傅才会这项手艺，但老师傅越来越少，时至今日面临着失传的风险。而再说织造环节，首先是织机的大已经完全超出我的想象，需要一上一下两人配合才能完成整个制造过程，其次就是这两个人没黑没白的织，一天也织不出来多少，一年到头也挣不上几个钱。了解完工艺，再看成品，真的会不由惊叹：一件清代妆花缎龙袍，织工们究竟要费多少心血，兼具多少才情，才能让一条栩栩如生的团龙为主图，让祥云、江崖海水纹样为辅图，各种纹样还要以龙袍对襟为中心有序分布，其中还需运用适当的留白，使画面达到均衡效果。放在现代，他们一定是个顶个的高产艺术家！

介绍了这么多，下面就选几处经典的红楼云锦名场面，赶快一起解解馋。

先说第三回"托内兄如海荐西宾　接外孙贾母惜孤女"中，王熙凤一出场穿的缕金百蝶穿花大红洋缎窄褃袄，即为百蝶穿花的大红织金缎窄身袄。织金又名"库金",因织成后输入宫廷的"缎匹库"而得名。"织金"就是织料上的花纹全部用金线织出。也有花纹全部用银线织的,叫作"库银"。库金、库银属同一个品种,分类上统名为"织金"。从原文的描写看,王熙凤的贵气,的确让云锦给衬出来了,也唯有云锦能做到。透过刚入贾府的黛玉之眼,只见"这个人打扮与众姑娘不同,彩绣辉煌,恍若神妃仙子:头上戴着金丝八宝攒珠髻,绾着朝阳五凤挂珠钗,项上戴着赤金盘螭璎珞圈,裙边系着豆绿宫绦、双衡比目玫瑰珮,身上穿着缕金百蝶穿花大红洋缎窄裉袄,外罩五彩刻丝石青银鼠褂,下着翡翠撒花洋绉裙。一双丹凤三角眼,两弯柳叶吊梢眉,身量苗条,体格风骚,粉面含春威不露,丹唇未启笑先闻"。(第三回)是不是贵气四溢?

　　再说我最喜欢的一个红楼人物和只属于她的名场面,那就是俏皮又贵气的史湘云。一般讲,俏皮和贵气,这两种气质还不好混搭,但它们同时出现在史湘云身上,却毫无违和感。现在年轻人流行一种审美名曰"痞幼",是说一种又帅又可爱的感觉,同样是把两种极端气质融合于一身了。不知现代版史湘云会不会是这种感觉?总之,她穿云锦"扮小子样儿"的那个桥段,再加上她说话那股精气神,简直是太可爱了。且看第四十九回的名场面:先是黛玉打趣湘云的穿戴,因为她既穿了贾母送她的"貂鼠脑袋面子大毛黑灰鼠里子里外发烧大褂子",头上还戴了一顶"挖云鹅黄片金里大红猩猩毡昭君套",又围着"大貂鼠风领",因为穿戴过于"隆重",便惹得黛玉笑她"故意装出个小骚达子来";但从史湘云之后的回答能看出其性情开朗又大气,当然更是贵气,这里的微妙之笔就体现在云锦身上了,因为湘云非但没有丝毫生气或不好意思,反而直接笑答"你们瞧我里头打扮的",说罢便一层层展示:"只见他里头穿着一件半新的靠色三镶领袖秋香色盘金五色绣龙窄裉小袖掩衿银鼠短袄,里面短短的一件水红妆缎狐肷褶子,腰里紧紧束着一条蝴蝶结子长穗五色宫绦,脚下也穿着麂皮小靴,越显得蜂腰猿背,鹤势螂形。"这里提到的"水红妆缎狐肷褶子"的妆缎,即为妆花。妆花是云锦中织造工艺最为复杂的品种,用绕有各色彩绒的纬管,对着织料上的花纹做局部断纬挖花盘织,特点是用色特别多,色彩千变万化、富丽堂皇。

看到这,已经有太多红楼云锦的华丽,再说一个跟云锦工艺有关的情节,那就是"勇晴雯病补孔雀裘"一回中提到的"界线"。话说又是宝玉这个小祖宗不小心把贾母给的无比珍贵的孔雀裘烧了个洞,可大观园上上下下就没有一人明白那么复杂织补的,这时就该轮到咱们的"勇晴雯"出场了。说她勇,一是因为她生病卧床不起的现状,二是因为她居然敢接这么棘手的一个活儿。工艺难不说,万一织补不好又该如何交差?不如躺平不出错,估计就算有人会补,可能也要过过脑子考虑一下到底要不要接这个烫手的山芋。但晴雯不会犹豫,她就是这么一个快人快语的爽利性子,也只能有晴雯能做到为了宝玉带病熬夜补好孔雀裘,她用的手法就是很少人知道的"界线"。只见她"先将里子拆开,用茶杯口大的一个竹弓钉牢在背面,再将破口四边用金刀刮的散松松的,然后用针纫了两条,分出经纬,亦如界线之法,先界出地子后,依本衣之纹来回织补。补两针,又看看,织补两针,又端详端详。无奈头晕眼黑,气喘神虚,补不上三五针,伏在枕上歇一会……一时只听自鸣钟已敲了四下,刚刚补完;又用小牙刷慢慢地剔出绒毛来"。宝玉忙要了瞧瞧,说道:"真真一样了。"晴雯已嗽了几阵,好容易补完了,"嗳哟"了一声,便身不由己倒下。其实,这里不仅点明了晴雯之巧,同时也为其悲惨结局埋下伏笔——如此心灵手巧的一个俏佳人,偏偏被王夫人冤枉为勾引宝玉的贱婢,被赶出府最终病逝于人情凉薄的亲戚家。如此情节的设计,关键之物便是"孔雀裘",离开它世人便再也看不到晴雯的精湛技艺，只因为这孔雀裘实乃云锦天衣，乃矜贵之物。如果曹雪芹没有亲眼见过，不了解云锦高超的织造工艺，应是万万想不到如此设计该情节的。

以上略举了几例，其实整部《红楼梦》还有很多云锦的身影，它对推动情节发展也起着至关重要的作用。但是可叹又可惜的是，云锦从诞生到辉煌，历经千年，可从辉煌到跌落谷底，却只用了短短四十年。从历史上看，康熙鼎盛期带来了曹家的辉煌，而后曹家因被卷入党争问题而被雍正记恨，从而日渐没落，江宁织造也就此衰落。正如《红楼梦》中的宁荣二府，繁华一世，衰败只在一夕间。现实中，云锦的衰落也算是清朝没落的一个隐喻吧。论云锦之奢华，绝非是一个末日皇朝所能承载的。

二、云锦背后的非遗之礼

江宁云锦织造技艺保存至今，已成为南京的传统技艺。其中，"通经断纬"等核心云锦织造技术，需要在构造复杂的大型织机上，由上下两人手工操作，才能完成，运用蚕丝线、黄金线和孔雀羽线等材料，才能织出诸如龙袍这类的华贵织物。可以说，云锦独特的工艺及其文化内涵，见证了人类非凡的想象力和创造力，被专家誉为"中国古代织锦工艺史上最后一座里程碑"，也被联合国教科文组织列入人类非物质文化遗产代表名录，同时属于国家级非物质文化遗产。

说起云锦的历史，已有上千年，从东晋诞生开始，后经元、明、清，发展为皇家御用贡品，按照品种细分为妆花、织金、库缎、库锦各类，极尽盛世繁华。但是，到了清朝后期国力亏空，云锦也逐渐没落。这也反映在曹雪芹的身世上，他的祖父曹寅身

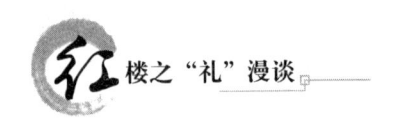

为江宁织造,由于办事得力深受康熙帝宠信。康熙六次南巡,五次驻跸江宁织造署。当然,几次接驾也是直接促使曹家家底虚空的原因之一,风光背后总有不为人知的苦衷。生在这样的人家,曹雪芹看尽繁华,也倍感繁华之后的悲凉,《红楼梦》的诞生不是偶然。

  由于失去了皇家这个最大的消费群体,云锦的需求量呈断崖式下降。再加上云锦织造的学艺周期长、劳动强度大等情况,年轻人大都不愿意接受此类工作,直至民国期间,云锦便开始后继无人,妆花手工织造技艺近乎失传。据说,20世纪40年代,西藏一位活佛为了织一件云锦袈裟,寻遍南京也只找到一位老艺人,最终作罢。到了现在,对这个古代用来做帝王龙袍的云锦有所了解的人更是知之甚少,还是因为有女星开始穿云锦亮相各大电影节,才让云锦再次进入大众的视野。据统计,2010年全国掌握云锦技术的不超过50人,截至2019年年底,包括国家级代表性传承人在内的云锦技艺传承人总共60多名。

  在这种情况下,2017年时任文化部副部长的项兆伦在全国非物质文化遗产保护工作会议上发言:"保护非遗,最根本的是保护传承实践,保护传承能力,保护传承环境。一个非遗项目是否得到有效保护,可以从六个方面加以判断:实践活动是否持续并富有活力;基本实践方式,如手工技艺之于某些传统工艺项目是否得到保持;基本文化内涵是否得到尊重;具有当代价值的文化精神是否得到弘扬;相关社区、群体和个人的实践、传承及再创造权利是否得到尊重;传承人群是否得到保持乃至扩大。"无疑,南京云锦是世界非物质文化遗产代表作,代表了中国古代织锦技艺的最高水平,也是我国最早启动的非遗数字化保护项目之一。

  但是,南京云锦非遗保护工作开展以来,因为始终存在一些困难,开展得并不顺利。一是,云锦织造工艺、工序非常复杂,几乎失传；二是，老一辈精通织造的工匠们不懂理论，创作靠的都是织造口诀与技巧方法，很难形成理论文字，这就不利于广泛传承；三是，如果说云锦技艺的传授只能为师徒口口相传，过多依赖学习者的天资与悟性的话，可接受传承的范围就再次缩小了。以上这些因素都造成了云锦技艺传播相当困难的局面，非遗保护工作难以下手。

值得庆幸的是，当今社会数字化发展如火如荼，云锦技艺的数字化保护可谓是另辟蹊径的一个解决之道。近年来政府相关部门通过系统搭建数字平台，借助最先进的数字技术，如动作捕捉和数字化分析，总结出了一套云锦织造技艺的规律。这样就能让传承学习者通过模拟和体验的方式，在更短周期内掌握云锦织造技艺的要领，一来可以在虚拟场景中创新性地模拟实践，二来还可以反复观摩动作示范，反复拟真练习，从而更易掌握其工艺技巧。另外，借助数字化平台进行云锦技艺传播还有一个好处，那就是学习者不再囿于时间和地点，随时随地都可以进行云锦技艺学习，有助于提高云锦文化传播的效率，并扩大技艺传承者的培养规模。当然，数字传承也有一个明显劣势，就是少了那份师徒间耳濡目染的传承温情。不过，这也为云锦的未来发展指明了方向，能否创造出来类似中医机器人的云锦机器人？发挥虚拟现实的技术优势，还原社会传承中的师徒情，凭借其沉浸性、多感知性、交互性、实时性的重要特征，营造出可信的、可交互的、可探索的拟真环境。

这样一来，面临工艺失传的云锦传承，在新时代通过数字化平台的建构，得以进一步挖掘其非遗内涵，同时提高了云锦工匠新生代的培养效率。此外，云锦大众文化的推广也同样重要。诸如南京江宁织造博物馆的建立，是非常有必要的。只有了解云锦的人多了，才能有更多人"粉"它，最好能掀起一股像"汉服热"那样的文化风潮，才会云集更多云锦的主动传播者，进一步

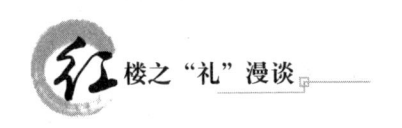

释放公众对非遗资源的陌生感和神秘感。无疑,这些努力都将成就"云锦之礼"的建构,尤其在当下中国文化自觉与自信都需要进一步加强的这个大背景下,云锦文化的传承与分享能让更多人见证——这份中国文化献给世界的奢华之礼。

第四章　红楼建筑：二重世界中的"礼"与"非礼"

作为一部中国文化的"大观园"，《红楼梦》里又怎会少了中国建筑文化的身影？单单十七回"大观园试才题对额　荣国府归省庆元宵"一节，作者就不知借着宝玉之口"卖弄"了多少园林知识。整部小说，可以说处处彰显出中国建筑之美学，俯拾皆是中式建筑之礼运。按照中国建筑文化上的讲究，即"府宅为阳，庭院为阴"，《红楼梦》中的贾府和大观园，正好形成了对比鲜明又互为照应的二重世界——宁荣二府"峥嵘轩峻"，大观园"气韵灵秀"，不仅体现出一派"诗礼簪缨"的富贵气象，也体现出中式建筑的哲学理念。下面，就让我们一起去领略这二重世界中的"礼"与"非礼"吧。

一、古典建筑中的礼制

关于《红楼梦》中建筑的描绘，最早出自贾雨村之口。第二回"贾夫人仙逝扬州城　冷子兴演说荣国府"中，说到贾雨村与都中旧相识皮货商人冷子兴偶遇，一番寒暄过后，得知同宗贾家已近末世，不免就问"当日宁、荣两宅的人口也极多，如何就萧疏了？去岁我到金陵地界，因欲游览六朝遗迹，那日进了石头城，从他老宅门前经过。街东是宁国府，街西是荣国府，二宅相

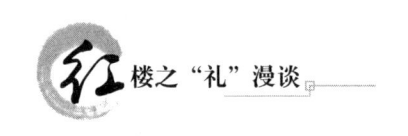

连，竟将大半条街占了。大门前虽冷落无人，隔着围墙一望，里面厅殿楼阁，也还都峥嵘轩峻，就是后一带花园子里，树木山石，也还都有葱蔚洇润之气，那里像个衰败之家？"我们暂不详述后文冷子兴是如何演说贾家"百足之虫，死而不僵"这一现状的，还是先从建筑与文学的角度看，贾雨村这寥寥数语，就勾勒出了宁荣二府"前庭后院"的总体格局以及"宅院组合"的群体结构。从文学手法看，脂砚斋这里也点评道：先借其口，略出大半，使阅者心中已有一荣府隐隐在心，然后用黛玉、宝钗等两三次皴染，则耀然于心中眼中矣；此即画家三染法也。

光看这个开头，就让人不得不赞：真不愧是曹雪芹，架构一个百回之大文，人物何其庞杂？所处环境又何其复杂？就这样先借两个和贾府不甚相干的吃瓜群众，用其闲谈为引绳，再就贾府气象两笔冒之，成其大观，如此这般，后文世态人情皆可盘旋于其间，而一丝不乱，妙哉妙哉！如果换个写法，作者平铺直叙，上来直接就以第三人称这种上帝视角交代贾府如何？贾府里住的人如何？贾府的朋友又如何？那定定就是死板拮据之笔，短篇这么写还成，如此大部头的小说再平铺直叙的话，读起来肯定是味同嚼蜡。我估计如果放在现代，曹雪芹一定懂摄影，或者也是个好导演，他用文字都能营造出一种由远及近、再由小至大的动态画面感，那要是手里再有点家伙，可想而知！

所以，我一直觉得读大部头，一定不要一开始就读得很细，这样太容易迷失于细节，尤其是《红楼梦》这种人情小说，涉及太多日常；好多人读不下去，就是因为一上来就被叽叽歪歪的琐碎日常挡在了门外。倒不如先用广角俯视作品，再用粗线条勾勒情节，大概翻看几遍后，再慢慢品味细节，味儿就出来了，而且还不至于"只见树木不见林"。

话再说回红楼建筑。先看贾府的布局，就说这个"街东是宁国府，街西是荣国府"，里头就大有讲究。一般而言，正规的四

第四章 红楼建筑：二重世界中的"礼"与"非礼"

合院建筑是依东西向的街道而坐北朝南建造，中轴对称而左右均衡，对外封闭又对内开敞。宁荣街为东西走向，宁荣府是坐北朝南；同时，受"左为上"的传统礼制思想影响，因宁府居长、为尊，故位于左侧，即街东。①

再说府内构造，更是尽显中华礼仪之能事。中国古典建筑以木结构著称，承重构建为柱体，故而以"间"为基本单元。间，又叫"开间"，专指四根承重柱之间的空间，具体又分正面和侧面。正面宽，即横向柱子之间的距离，称"面阔"或"阔"；侧面窄，即纵向柱子之间的距离，称"进深"或"深"。如果是官宦人家，宅第建筑面积大，承重柱多，包括若干面阔，统称为"通面阔"，若干进深之和则称为"通进深"。在封建社会，各户建筑的规模、样式、布局都需严格按照封建礼制进行建造。不同级别的人，如亲王、郡王、贝勒、贝子、公侯、品官、百姓，自上而下不同社会群体，享有不同等级的"居住权"，必须严格按照相应级别的规格建造住宅。如果逾制建宅，也就是等级低的人追求高级别的建筑礼遇，就是"僭越"，论罪大则可以处死。

如今，商品经济的社会里，人们早就不讲究这些了。但是，包含这种礼制思想的话，平时咱们还是经常说，比如"是可忍，孰不可忍？"只不过有人可能不知道，其上一句是"八佾舞于庭"，出自《论语·八佾》。整句是"孔子谓季氏，'八佾舞于庭，是可忍也，孰不可忍也'"。佾，指的是奏乐或舞蹈的一列人；八佾，就是八列。按照周礼，只有天子才能享有八佾，诸侯六佾，卿大夫四佾，士二佾。季氏只是个正卿，只能用四佾，他却用八佾。所以，孔子非常生气，认为这种破坏周礼等级的僭越行为是非常恶劣的，因而说出了那句千古名句。其实，中世纪的西欧，也有类似我们今天称为繁文缛节的东西，有的更离谱。比方说，

---

① 庾安意. 跟曹雪芹学园林建筑［M］. 南京：江苏凤凰科学技术出版社，2018.

43

红楼之"礼"漫谈

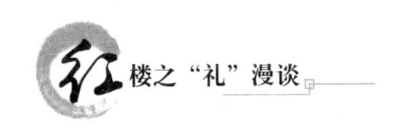

中世纪的贵族都分个"公、侯、伯、子、男"一系列高低爵位，着装也有很多讲究，让我印象最深的是，中世纪服饰里不是都很喜欢用什么蕾丝花边的吗？据说，花边有多少个褶皱都是要有说道的。当然，我们今天知道这些细节也没什么用，重点是透过这些古今中外历史点滴，能看到一些规律性的东西——那时候都是封建社会，等级制是一个重要标志，不讲勤劳致富这些，你生在哪个阶级就是哪个阶级，阶级之间没有上升通道。

就像贾府的丫头，只有一个区别，家生的？还是外来的？就算被主子看上，也只能抬成姨娘，做不了正妻，半个主子都算不上。就像探春，多精明能干的一个人儿，只可惜生母是赵姨娘——贾政的妾室，所以她只认王夫人为母亲，把王夫人的兄弟王子腾当舅舅，对外一直称自己的母亲为王夫人。还有黛玉进贾府，为什么只能走角门？而薛宝钗却能走正门？这还真不是有些阴谋论者说的王夫人早就看上宝钗了，而是要看是谁带宝钗进贾府的，自然是薛姨妈。薛姨妈可是个重量级人物，她既是王夫人的妹妹，还是"贾王史薛"四大家族中薛家家主的遗孀，她去贾府自然不仅是看妹妹，还意味着贾家和薛家两大家族的正式会面，当然要走正门。1987版电视剧《红楼梦》格外详细地还原了这一场景。但如果宝钗和黛玉一样，小女孩孤身一人进贾府的话，同样是要走角门的。

了解到这些封建礼数之后，再看林黛玉进贾府的情节，心里是不是真的有点酸？透过颦儿的眼睛，我们可以看到贾府的气派和这个小孤女的凄凉形成了鲜明的对比。第三回描写到，黛玉先是坐轿路过了"敕造宁国府"，只见三间兽头大门，非常气派。之后又见："不多远，照样也是三间大门，方是荣国府了。却不进正门，只进了西边角门。那轿夫抬进去，走了一射之地，将转弯时，便歇下退出去了。后面婆子们已都下了轿，赶上前来。另换了三四个衣帽周全的十七八岁的小厮上来，复抬起轿子。"

第四章 红楼建筑：二重世界中的"礼"与"非礼"

注意这里有个细节，是咱们红楼建筑这部分必须要说一下的，就是黛玉提到的宁荣二府都有的"三间大门"。"三间大门"意味着三个开间，正面看有三个面阔。开间越多，意味着建筑物的体量就越大，等级就越高。不过，三个开间还真不是封建等级最高的建筑，最高的自然是皇宫以及皇家祭祀的祠堂，面阔可达九面，所谓"九五至尊"的气度也由此彰显。但问题又来了，说我能不能非盖一个十个面阔的大房子？反正都是现代社会了，我有钱没地儿花，就想盖一个比皇帝住的还厉害的。怎么说呢？虽说现代人都讲究"开心就好"，但如果多多少少了解点中国建筑文化的，就知道开间数目一定不能为偶数，只能为奇数。为什么？因为《易经》讲"奇数为阳，偶数为阴"，住宅也叫"阳居"，纵观中国古建筑，人之居所，面阔都为奇数。所以，你的开间的确数目可以比"九"多，但咱还是别用"十"，用"十一"好不好？用"十一"再盖一个太和殿。中国建筑史上，体量最大、开间最多的建筑是北京故宫的太和殿，不尊古代帝王"九开间"的建筑传统，其面阔多达十一间，这也象征着中国封建皇权的巅峰。

以上就是有关贾府建筑和相关礼制的一些事儿。显然，宁荣二府的建筑都是合乎礼制的，但这里是不是也有种隐喻——贾府恰恰承载了令宝玉厌弃的封建礼教世界？这个世界充斥着各种"污泥浊水"，有读书只为功名利禄的贾雨村之流，有仰仗家世仗势欺人的薛蟠之流，还有一肚子男盗女娼的贾珍、贾琏之流。和贾府森严礼数及其背后肮脏龌龊相对的，正是大观园中一个个清澈的灵魂，而承载这些珍贵生命的建筑自然有着另一派气象——一个不讲礼数的乌托邦。

红楼之"礼"漫谈

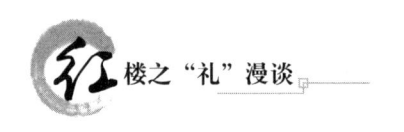

二、大观园里的乌托邦：一个"非礼"世界

在《红楼梦》中，有关建筑的描写主要涉及宅邸和园林两个方面。宅邸建筑集中于宁荣二府，可以说它是封建礼制的化身，最主要的一个特点就是它有非常明显的主次关系，而显性的主次关系恰恰反映出明确的等级关系。比如，贾府里有着各种门，包括正门、大门、后门、东角门、西角门、钻山门等，不一而足。不同的人走不同的门，不同的门还具有不同的象征意义。刚才提到的黛玉进贾府，走的就是角门，而不是正门；此外，还有个细节，说到她从角门进了贾府之后，抬轿子的就换人了，说明贾府内部等级十分森严，不是谁都能进门的，小小一个门就象征着身份和地位，是典型的封建礼制的体现。

如果说贾府体现的是封建礼制的现实世界，那么，大观园则是宝玉和他的好姐姐、好妹妹们的乌托邦——一个逃避现实的"非礼"世界。这种反差也体现在曹雪芹对大观园内外建筑的精心设计上，体现在他在"对称式建筑"与"非对称式建筑"中的巧思妙想中。

先说贾母的居所在哪儿？贾母，又称史老太君，在整个贾府"人、文、玉、草"四辈中，她是贾代善之妻，育有贾赦、贾政和贾敏三个子女，地位是最高的，因而她居住的房屋必须位于贾府的中轴线上，贾母的堂屋自然也是最聚人气的场所，《红楼梦》中很多名场面都发生在那里。这就说到中式建筑注重对称性这一特点，贾府内的很多建筑都以"中轴线"为准进行布局，从而使得整个府邸看起来颇为规整。除了规整，就像贾母居所要压中轴线一样，中式建筑还讲究社会文化与建筑美学的完美融合。最典型的一个例子，就是现在电视台大量宫斗剧里，帝王与文武百官上朝廷议时，帝王居正中间的上位，百官按品阶分立朝堂两侧。总之，比较重要的房间往往都被安排在整个建筑的中轴线上，从而突出其居住人的重要地位。

为了考察清代建筑遗址，我还特地去了一趟今安徽宏村和西递，专门去看了徽派清代老宅。可以看到当时不论是书香门第、商贾贵胄，还是官宦之家，厅堂布置都是标配，以中轴线对称摆放家具。给我印象最深的是一种能够一分为二的"半圆桌"，平时分置于厅堂左右两侧靠墙摆放，只有在家主外出归来之际，才能将两张"半圆桌"合二为一来全家用餐。我问讲解这里有何深意？她说徽商常年在外奔波，难得一家团圆，"半圆桌"有着珍惜家庭团圆的深刻寓意。

另外，有意思的是我还注意到一处细节，打破了中式建筑对称性这个规矩，就是清代书房的两扇门虽然结构一样，但是图案却不对称：一扇门镂空的是寒竹图，另一扇则是元宝图。为何会有这种变化？所寓深意就在于：寒竹图意味着"吃得苦中苦"，而元宝图预示着"方为人上人"。原来如此，听到这我就不由自主地想到了贾雨村。

我和宝玉一样，是真不喜欢贾雨村这样的"假儒"，在他们心中参加科举不再为"修、齐、治、平"，反而成了升官发财的渠道。宝玉用来形容这类人的"禄蠹"，用现代语言翻译过来，应该就是"精致的利己主义者"吧？如此读书还有何意义？我想这恰如其分地反映出清末儒家思想不断走向僵化，知识分子与官僚体系日趋腐败的现实。难怪贾雨村靠贾家得势后就"葫芦僧乱判葫芦案"，放跑薛蟠这个杀人犯，日后贾家落难，他非但不救，反而还会落井下石。悲哀！这不禁又让我想到范仲淹这样的真儒。只有这等人，早已把个人得失置之度外，才能在"庆历新政"失败被贬的情况下，借《岳阳楼记》吟出"不以物喜，不以己悲"这种超脱之语，发出"先天下之忧而忧，后天下之乐而

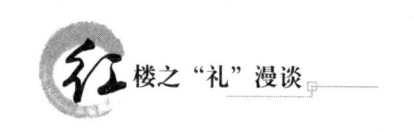

乐"这种忧国忧民之叹！其格局和心境不是一般人能有的，这才是真儒、大儒！才是现代中国讲文化自觉与文化自信，需要挖掘的思想宝藏。

当然，贾宝玉这辈子是见不到范仲淹的，他的世界注定被"禄蠹"包围。那看不到光怎么办？宝玉选择了大观园，选择了在大观园中与灵魂清澈的姐妹们一起"避世"。所以，大观园的呈现，曹公选择了中式建筑美学的另一种表达方式——曲折含蓄美。

《红楼梦》对大观园的集中描写体现于第十七回"大观园试才题对额　荣国府归省庆元宵"，曹雪芹依托贾政携一众清客考验宝玉为大观园题面额和对联的情节设置，道出了他丰富的中国古典园林知识。我们且随贾政一行人的视角，一起进大观园瞧瞧。一进门就"只见迎门一带翠嶂挡在前面"，众清客都道："好山，好山！"贾政道："非此一山，一进来园中所有之景悉入目中，则有何趣。"众人道："极是。非胸中大有丘壑，焉想及此。"说毕，往前一望，见白石崚嶒，或如鬼怪，或如猛兽，纵横拱立，上面苔藓成斑，藤萝掩映。其中微露羊肠小径……正如贾政所言，按中式美学，这道翠嶂的作用就是要将里面所有景观都挡起来，但又不封严，目光只要稍稍绕过这道翠嶂，就能惊奇地发现一个苔藓斑驳、绿萝掩映的千姿世界。而宝玉正是深谙此道，以"曲径通幽处"这一题额，技压其他人的"叠翠""锦嶂""赛香炉""小终南"等各色实写，借一句旧诗，居然就表达出了那种虚实结合的动态画面，蕴含着一种含蓄美感。

同样曲折表达的景致设计还有很多，大观园里多处运用了照壁、隔窗以及各种植物藤蔓，对局部建筑和小道进行的小面积遮挡。如蘅芜苑被插天的大玲珑山石所遮蔽，稻香村被几百枝杏花和稻茎掩映。总之，大观园中几乎所有景致的呈现，可谓是景观套景观，都体现出一种"犹抱琵琶半遮面"的中国古典建筑美学。置身于这样的园林世界,很不容易视觉疲劳,有种奇妙的空间无限延伸感。而由此产生的含蓄美,也是中国文化所孕育的独特审美——不易被发现的美才是真正的美,正如"花看半开,酒饮微醺"的境界一般。

此外,中国古典园林还有一处,不同于世界其他著名园林。日本园林主打一个精致,作家王蒙说他去过,说那里的树都是拿推子推过头的,圆圆的,要多圆有多圆,非常整齐,非常清晰;阿拉伯风格的园林,他说他也去过,是在西班牙,被穆斯林占领过的格拉纳达的一个阿拉伯花园,它的特点就是稠密,从上层、中层一直到地上全都是花和草,还有各种小动物,说让你进到那个花园里头,你就入了迷了,你会沉醉在里边,找不着出来的地方了,甚至于人到了这儿,想的是,死的话,就死在这儿才好。① 而咱们中国古典园林,最讲究自然,有个术语叫"借景",去颐和园,除了看近景,一抬头,远处层峦叠嶂的就是西山;还有昆明湖的景观体系,把园外的村舍、田畴等自然风光都纳入进来,形成园内园外浑然一体的整体格局,最是自然。明代一本讲园林的书叫《园冶》,看这名儿起的就好——看看园林,陶冶情操,里面就讲:"夫借者,林园之要者也。远借、近借、仰借、俯借,应时而借。"我想,如果照他说的这么都借一遍的话,那原本有限的园林空间,不就可以达到无限了吗?讲真,这是中国人的智慧,不死板,活泛。

"借景"虽好,但借不好的话,就是刻意堆砌,反而大煞风景。所以说,如何让不同的景、物以及人,和谐统一起来,的确是一个艺术难题,这后头就必须有美学和哲学的文化支撑了——中国古典园林美学理念之一就是天人合一的哲学思想,正如大观园内的建筑理念与其居住者的精神世界,也是需要统一暗合的。

---

① 王蒙.《红楼梦》八十讲[M]. 北京:人民文学出版社,2022.

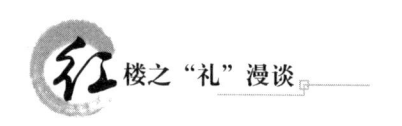

比如宝玉的怡红院，陈设布置就绝不同于黛玉的潇湘馆以及宝钗的蘅芜苑。一个人的久居之室，一定是他气质的延伸，充斥着他的能量场。为何宝钗的房间惹得贾母都看不下去了，直呼布置得跟"雪洞"一般？我觉得，这也是"宝钗之空"的一种暗喻。诗人顾城评宝钗，有一句话我觉得说得很透彻，他说："宝钗的空和宝玉有所不同，就是她空而无我；她知道生活毫无意义，所以不会执留，为失败而伤心；她又知道这就是全部的意义，做一点女红，或安慰母亲。她知道空无，却不会像宝玉一样移情于空无，因为她生情平和，空到了无情可移。这也许就是儒家生活的奥秘。她永远不会出家，死，成为神秘主义者，那都是自怜自艾的人的道路。她会生活下去，成为生活本身。"这句话，就被做成展板，放置于北京植物园那边的曹雪芹纪念馆的院落中。对照再看，宝玉一个公子哥儿，偏偏院子里"红香绿玉"的，室内更是缤纷的窗纱和大玻璃镜等姑娘家用的物件一个不少。由此看，房间的布置是不是能反映出其主人的性情？

总之，大观园的建筑风格与宁荣二府是截然不同的，曹公也巧妙地运用了两种中国古典建筑美学，呈现出《红楼梦》中的两个世界——大观园内的精致错落有致，天人合一，体现出一种含蓄之美、自然之美；而大观园之外贾府的建筑，则处处体现出等级森严的封建礼教，让人压抑，甚至还能用"礼教吃人"。黛玉葬花的寓意，不正是怕落花随流水，流到外面肮脏的世界，反遭了污浊吗？

第五章 红楼器具：礼制起源，藏礼于器

我们欣赏《红楼梦》，除了"百回之大文"的文学价值之外，它还是一部中国文化的百科全书。光看红楼人物的那些个日常，琳琅满目的器物，就让人应接不暇。如果再深挖，更会发现一些"藏礼于器"的儒家文化之魂，很有意思。所以，这部分我们考察红楼器具，一方面，可以从侧面了解到清代那种上下有序、等级有别的家庭画卷；另一方面，反观现代生活，也得以透过它们了解到一些有关中华"礼"文化的传承，日后若能在我们自己的生活里，也渗透一二，那就更好了。

一、礼器的由来

众所周知，人类诞生伊始，只会出于动物本能进行些简单劳动，所用的工具纯属天然派。之后不断演进，才慢慢过渡到有意识地制造并使用工具的阶段。所以，"礼"和"礼器"并不是随着人类的出现而出现的。那究竟什么时候出现的呢？《礼记·礼运》记载："夫礼之初，始诸饮食，其燔黍捭豚，汙尊而抔饮，蒉桴而土鼓，犹若可以致其敬于鬼神。"意思是说，礼之起源，是从仪式感满满的饮食开始的。上古时期，我们都知道过的是茹毛饮血的生活，但是当人们开始有意识地把谷物和小猪都放在火石上烤了再吃时，当他们喝酒也要在地上掏个洞当作盛酒之器、

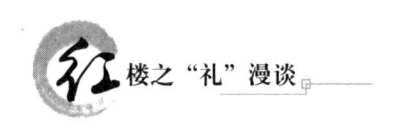

再用手捧着喝时，当他们懂得用土抟成鼓槌、又筑起土堆充当鼓的时候，结论是：这样吃饭似乎就可以向鬼神表达敬意了。

读完这段，感受一下什么是"礼"？我的感觉，礼，关乎的是一种敬畏心。古人吃饭，仪式感拉满，是为了敬鬼神；作为今人，我们大可不必每顿饭都要敬鬼神，尤其是无神主义者，但敬畏心不能没有。为什么要有仪式感呢？或者说，吃得复杂点，怎么就能产生敬畏心呢？我觉得，程序多一些，动作慢下来，仪式多而不杂，这种氛围下，是容易生出一些不一样的情绪的。不信大家就试一试，下次吃饭先摆个盘，再装点下餐桌，弄点鲜花啥的点缀一下，一下子这顿饭的氛围感就不一样了，干饭人的说话声儿可能都会柔和很多。这就说到，为啥仪式感能产生敬畏心？因为它首先会产生距离感——和日常生活发生偏离的距离感。有句话怎么说的来着？权威来自神秘。就是这个意思。

事先交代清楚这一点，我觉得非常有必要。我在这本书开篇就强调，我们今天讲究的礼仪，一定要注重"仪"背后的"礼之精神"，如果没有一颗敬畏心，没有半点真情，再精美的礼器，再隆重的氛围，说实话，意义都不大。下文我还要讲"礼尚往来？还是礼上往来"。大家不觉得现在的年节，早就成了商家的狂欢了吗？什么618、双11的，一个接一个，感觉每个月都有重要节日，其实都沦为了商家促销的手段。如果有人心里惦记着你，就算准备个小礼物，也是礼轻人意重；怕就怕，重要日子早就被人遗忘，就算送花，都是智能设置的花店自动投送。

好，礼的真情交代清楚了，下面再捋一下礼器的起源问题。上文我们讲到，人类最初制造的器物只是生产工具，很简陋，同时也兼为日常之用，生活质量约等于零。后来，经过长期的艰苦劳动，人类终于进入了新石器时代，生产力有了进一步发展，人类自身体力也更好了，智力也更高了，于是提高生活质量的迫切需求，立刻就被提上日程。毕竟人类是这个地球上的智慧生物，

第五章　礼教器具：礼制起源，藏礼于器

生活器具也必须尽快讲究起来。这一讲究可不得了，日用物品提质增量了，顺带就为礼器的出现奠定了重要物质基础。而礼器最终诞生，还要有另一个重要基础，即精神基础——礼仪渐成，是因为古人类发现，到一定程度，必须借助某些礼仪活动才能表达对鬼神的敬畏，就是我刚才提到的距离感。大家都吃饱饭了，怎么体现一部分人更高贵的身份呢？通过仪式进行祭祀，作为上层建筑的一部分文化构成，沉淀至今。

最早的礼器，是食器。古人认为吃饭能保命，所以，对神来说食物也同样重要，礼仪就从饮食开始，饮食所用的器具便成了最早的礼器，最初用陶土烧制而成，上面有或刻画、或彩绘的图案，形色简单，种类单一。陶器的出现，也一直被视作人类进入新石器时期的标志之一。其实，从现代人的审美观看，它们也有一种古朴美。中国的新石器文化遗址很多，我只去甘肃博物馆看过体现仰韶文化的彩陶鲵鱼纹瓶，感觉就算放在现代也是种抽象艺术，很好看；还有一个马家窑文化人头形器口彩陶瓶，说实话不太喜欢，因为是人形器皿，还带头，怎么看都有点害怕。这两件文物都是甘肃博物馆的镇馆之宝。

而陶器文化之后，古人的器具制作工艺日趋精致，礼仪和礼器也随之发展得更加多样化。中国多地新石器文化后期还出现了大量玉质的礼器，形大工精，种类也非常丰富，有玉璧、玉琮、玉斧、玉铲、玉刀等形制，皆进入礼仪祭祀活动中。我工作地在成都，离成都仅70多公里的三星堆近年来又发掘出土大量文物，博物馆新馆也于2023年7月27日对外开放，展出陶器、青铜器、玉石器、金器、象牙等600多件新文物，其中近4米高的青铜神树成为最新"镇馆之宝"。

而说到青铜器，它是商周时期的重要礼器，以类型繁多、数量巨大、造型庄重华丽、纹饰优美精湛、铭文内容丰富而闻名于世。而且，礼器在组合方面也逐渐开始制度化。《春秋公羊传》

53

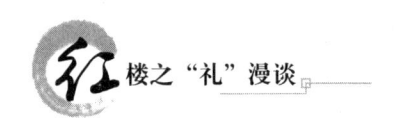

记载:"礼祭:天子九鼎、诸侯七、卿大夫五、元士三也。"这就出现了上文我们举过的例子,礼器与封建等级开始挂钩,而形成"礼制"。再比如,各级鼎所盛放的食物也有明文规定:天子的第一鼎盛牛,以下盛羊、猪、鱼、肉脯、肠、肤、鲜鱼、鲜腊,共九鼎;诸侯的鼎内食物需要去掉后两味,共七鼎;以此类推,卿大夫五鼎;到了士,则仅有猪、鱼、腊三鼎。所以,《孟子·梁惠王下》中记载了孟子做士的时候,父亲去世,用三鼎祭奠。后来孟子晋升为大夫,母亲去世了,就用了五鼎祭奠。由此可见,古代的等级、尊卑观念在祭祀等礼仪上的表现非常严格,并利用"礼制"来固化阶级。

由此,"藏礼于器"的礼制体系以及风俗理念蔚然成行,维持着封建社会内部的统治秩序。

二、明清茶器的发展

礼器众多,化为日常,我们接触最多的就是茶器。在中国传统茶文化中,历代饮茶者对茶器的要求都极高,至明清,制作工艺登顶。所以下面我想选明清茶器,梳理一下它的历史经纬。

明清人饮茶,除了讲究茶叶和水,还讲究配以精致的茶具。茶具也称茶器,明清人认为只有特色茶器,才能在泡茶的过程中,更好地彰显茶汤色泽,感受唇齿留香,这才是名人雅士的饮茶情趣。所以,明清茶器颇多。明太祖第十七子朱权在其所著的《茶谱》中就列出了十种茶具:茶炉、茶灶、茶磨、茶碾、茶罗、茶架、茶匙、茶筅、茶瓯、茶瓶。若按茶具的质地分,贵重的茶具,有金质、银质和玉质;廉价的有竹杯、木杯等,但最为丰富多彩的还数陶瓷茶具。

明清时期的陶瓷茶具,多用白瓷与青花瓷制成,因为进入明

第五章　红楼器具：礼制起源，藏礼于器

代，白瓷取得了很高成就——胎白致密，釉色光润，造型稳重，比例均匀，往往对其常有"薄如纸，声如磬，白如玉，明如镜"的形容，明人故将称其为"填白"，史上也称"甜白"。《红楼梦》中妙玉请贾母喝茶时，给随行众人用的都是"一色官窑脱胎填白盖碗"，这里就说到了"填白"。只有懂点茶具知识的读者，才能从"填白"一词体味到妙玉为人是多么自视甚高，给平常人用的都是这么珍贵的"填白盖碗"，那她自己及其看中的人，又该用何物？这里如此铺垫，下文自然引出妙玉请钗黛二人喝茶时过分矫情的情节。由此看，曹雪芹在现实生活里，绝对是个"茶博士"。

再说若论制作产地，其中以"景瓷宜陶"最为出色，"景瓷"指的是景德镇的瓷器，"宜陶"主要指宜兴的紫砂茶壶。景德镇以"瓷都"著称，瓷器以青花和白瓷为主，制作的茶盏甚为精美，小如核桃、薄如蛋壳；而茶壶的造型更加丰富多彩，如康熙时的五彩花壶、青花竹节壶，乾隆时期的粉彩菊花壶和道光时期的青花嘴壶等，均驰名中外。而若论茶壶的名气，哪个最大？莫过于"陶都"宜兴的紫砂陶壶。李渔在其《闲情偶寄》中也提到"羞注英妙于砂壶，砂壶之精者，又莫过于阳羡（宜兴）"。可见，宜兴紫砂壶是多么的珍贵。宜兴紫砂壶，形圆、体扁、腹大、努嘴、曲柄，甚是好看。除了做工精致典雅，它还非常实用，这就使得紫砂壶兼具精神与物质双重文化特色，兼备实用性与审美性。有文字记载的紫砂壶，是从明正德年间开始的，至明代中晚期发展到一个新阶段，精品大量问世，一些名匠佳品一经问世，便成为茶具界中的翘楚。总之，自明代开始，景德镇与宜兴几乎霸占了茶具的天下，达到鼎盛。

与明代相比，清代茶具的制作工艺更加精良，康、雍、乾时流行的盖碗最负盛名。用盖碗取代茶壶，是当时饮茶器具上的一大变革，并沿用至今。清代盖碗，也叫"三才碗"，因为盖碗的

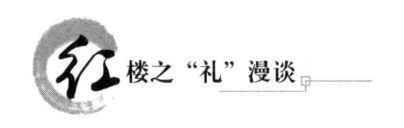

三大组成部分——盖、碗、托，恰恰对应着中国文化中的"天、地、人"三才。茶盖在上，寓意为"天"，有高圈足作提手的碟形；茶托在下为"地"，是中心下陷的一个浅盘，其下陷部分刚好与茶碗底部相吻合；茶碗则居中为"人"，大口小底，有低圈足。

此外，当时还出现了将茶壶、茶杯和茶盘搭配成套使用的风俗，茶壶、茶杯和茶盘上皆绘有相似的花纹，配套使用别有一番味道，就算现代人看，也饶有几分趣味。在这种背景下，清代涌现出大批壶艺名家，为中华茶具的发展做出了卓越贡献。比如，康熙时的陈鸣远，他所做莲子壶、束柴三友壶、瓜形壶、蚕桑壶，均集雕塑、装饰、实用于一体，自然生动，且匠心独具，制作工艺极为精巧。再如，嘉庆时的杨彭年以及道光、咸丰时的邵大亨，他们做的紫砂茶壶也是名噪一时，杨氏以精巧取胜，邵氏以淳朴见长。此外还有当时任溧阳县令的陈曼生，据说由他设计、由杨彭年和杨凤年兄妹制作的"十八壶式"，新颖别致，开创了宜兴紫砂茶壶的新风。相传，杨氏兄妹先制作泥坯，待泥坯半干时再由陈曼生在壶上镌刻书画文字，这种工匠文人联合设计制作的"曼生壶"，为茶壶增添了许多文化气息。

康、雍、乾时期茶器的另一成就，莫属珐琅彩工艺了。由于满清入关后采取了一些相对开明的措施，如减免赋税以及废弃部分工匠的"匠籍"，从而进一步解放了生产力，茶器制作也到达到历史最高水平，工匠们在青花、五彩、单色釉的基础上，又创新了珐琅彩。珐琅彩又称"瓷胎画珐琅"，是由石英、长石等原料加入纯碱、硼砂、氧化物等烧制冷却后，再仔细研磨而成的器物。康熙对古陶瓷烧造的最大贡献，便是创造了珐琅彩瓷器，这种瓷器在雍正、乾隆时期又进一步得到了完善。乾隆用令人惊奇的工艺手段和艺术手法，以及奢华的设计，使其中许多珍品成为今天的中国文化瑰宝。

最后还要说说清代茶器的另一项创新——粉彩，始于康熙，兴盛于雍正。康熙晚期粉彩的制作工艺还较为粗糙，但后来开始尝试升级工艺，即在烧好的瓷器上直接进行绘画，再放入窑内烘烤，以红、绿、白等颜色不同的石质粉末施釉烧制，出窑后瓷器上的颜色富丽柔和，皴染层次丰富，犹如水粉画。而且，粉彩瓷器选题广泛，纹饰多团蝶、团花、八桃蝙蝠、水仙灵芝、仕女、麻姑献寿等，谐音"蝠"（福）、"鹿"（禄）的图案十分多见。具有极高的观赏价值和保存价值，是雍正朝彩瓷中最著名的品种之一。在雍正瓷的基础上，乾隆朝粉彩又有新突破，常见的纹饰有婴孩游戏、山水花鸟、九桃八仙、仕女百花、福禄寿喜、缠枝花蝶等传统图案，而且就底色而言，除白地粉彩外，还有"色地"粉彩，即在黄、绿、红、粉、蓝等"色地"上绘制纹饰。

总之，明清茶器在康乾盛世达到一流工艺，作品异彩纷呈。不难想象，有了这样的文化熏陶，曹雪芹给各色红楼人物安排饮茶名场面时，一定是得心应手的。而再由文学反观文化，难怪《红楼梦》还被誉为中国文化的百科全书。

三、茶器中的人物命运

《红楼梦》对四大封建家族的描写里，少不了各色人物的吃穿用度，曹雪芹"草蛇灰线"的写作手法，往往一个小物件里就隐含着人物的性格与命运，如果放过这些不起眼的细节，对小说的品读一定会少了很多微妙的味道。单以贾府女眷喝茶时所用茶具，就能管中窥豹瞥见不同女子的性情与境遇。

以巧晴雯为例，多么妙的一个风流人物，在宝玉众多丫鬟侍女中，数她最有七窍玲珑心，才能演绎出"勇晴雯夜补孔雀裘"；不过，也属她最最牙尖嘴利，性情娇惯，所以才有"撕扇子做千

金一笑"的戏码。平时在宝玉处,她吃的、用的比一般人家小姐不差,但待到她被王夫人以勾引宝玉为名赶出贾府后,只能寄身于无情的哥嫂家,穷病交加卧床不起,可身边连个端茶倒水的人都没有。宝玉来探望她,她忙说:"阿弥陀佛,你来的好,且把那茶倒半碗我喝。渴了这半日,叫半个人也叫不着。"宝玉忙去寻茶,寻到的只有一个"黑沙吊子",算是茶壶,还有一个"甚大甚粗、不像个茶碗"的碗,倒出来半碗"绛红色、也不太成茶"的茶。但只见晴雯如得了甘露一般,一气都灌下去了。惹得宝玉立刻泪目,心下暗道:"往常那样好茶,他尚有不如意之处;今日这样。看来,可知古人说的'饱饫烹宰,饥餍糟糠',又道是'饭饱弄粥',可见都不错了。"(第七十七回)还问晴雯有什么想说的,趁着没人告诉他。寥寥数语,晴雯前后境遇云泥之别,作者从一个茶碗便不露声色地展现得一览无余。

再说妙玉,《红楼梦》中最为清高的一个女子,所用的茶具极为稀罕,从茶杯上刻的生僻字就能感受到她的曲高和寡。第四十一回有个妙玉叫钗黛去吃"梯己茶"的情节:那妙玉便把宝钗和黛玉的衣襟一拉,二人随她出去,宝玉悄悄地跟了来。只见妙玉另拿出两只杯来。一个旁边有一耳,杯上镌着"瓟斝"① 三个隶字,后有一行小真字是"晋王恺珍玩",又有"宋元丰五年四月眉山苏轼见于秘府"一行小字。妙玉便斟了一斝,递与宝钗。那一只形似钵而小,也有三个垂珠篆字,镌着"杏犀㼖"②。妙玉斟了一㼖与黛玉。仍将前番自己常日吃茶的那只绿玉斗来斟与宝玉。宝玉笑道:"常言'世法平等',他两个就用那样古玩奇珍,我就是个俗器了。"妙玉道:"这是俗器?不是我说狂话,

---

① 瓟斝(bān páo jiǎ):瓟,均为葫芦类。斝,饮器。这里指一种特制的饮品。
② 杏犀㼖(qiáo):犀牛角做成的饮器。㼖,碗类器皿。

第五章 红楼器具：礼制起源，载礼于器

只怕你家里未必找的出这么一个俗器来呢。"宝玉笑道："俗话说'随乡入乡'，到了你这里，自然把那金玉珠宝一概贬为俗器了。"妙玉听如此说，十分欢喜，遂又寻出一只九曲十环一百二十节蟠虬整雕竹根的一个大盉出来，笑道："就剩了这一个，你可吃的了这一海？"宝玉喜的忙道："吃的了。"妙玉笑道："你虽吃的了，也没这些茶糟蹋。岂不闻'一杯为品，二杯即是解渴的蠢物，三杯便是饮牛饮骡了'。你吃这一海便成什么？"说的宝钗、黛玉、宝玉都笑了。（第四十一回）

说实话，这段的几个生僻字，我换了好几个输入法，全都打不出来。曹雪芹为何让妙玉用这么古怪的茶具？我认为答案应该就藏在《红楼梦》十二支曲中，第六支是写妙玉的，其中一句是"太高人愈妒，过洁世同嫌"。是的，妙玉活得太清高了。先是一个成窑杯，刘姥姥用了一下，就不要了；这里和闺蜜喝个"梯己茶"，又整出来这几个古董杯，意思是她活得有多么"清洁高雅"呗（庚辰本评语）。殊不知，再深究，就会发现这些都可能是假古董，那作者如此写作，是不是暗指妙玉也是个假清高？我们先看这个假古董说。

沈从文先生认为，"瓟斝"与"盉"都是作者故意设计出来的假古董，意在讽刺妙玉为人做作、势利和虚假，清洁高雅多是表面上的。几个原因：一是"晋王恺珍玩"的字样，纯属胡扯，因为晋王恺是晋代富翁，一个茶杯能从晋朝保存至清代吗？早就烂了；如果不烂，那就绝对天价，一个小孤女买得起？更何况下面还有一行小字是"宋元丰五年四月眉山苏轼见于秘府"，更坐实了这是一件假古董。因为宋元丰三年至六年，为宋哲宗时代，此时的苏轼被贬为黄州团练副使，当时的个人行动还受到黄州郡守徐君猷的监视，一直到元丰七年苏轼才离开黄州。于这般潦倒之际，他是绝无可能到秘府（古代宫廷中藏图书秘珍的地方）去观赏什么"晋王恺珍玩"的一个茶杯的。而且杏色的犀角

59

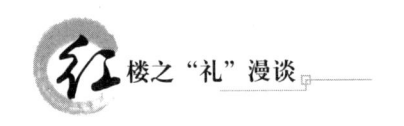

杯材料珍贵，雕刻精美，是历代帝王将相、富商巨贾、文人骚客用来炫耀财富的奢侈品。妙玉偏偏把这个犀角杯给黛玉品茶，很明显有炫富心理。

所以仔细推敲，妙玉这样一个"槛外人"，"我执"似乎比"槛内人"还强烈。如果真是清心寡欲，就不会讲究什么奢华，用什么古董，反而是一套朴朴素素的茶具，清清爽爽的喝喝茶，就很好。而说到她的不清爽，妙玉对宝玉也是生了情愫的。为何给姐妹用古董杯？偏偏专给宝玉一个她"常日"吃茶的绿玉斗？她不是有洁癖吗，刘姥姥用过的名贵杯子，说不要就不要的。原因只能有一个，就是妙玉含蓄流露出她对宝玉的恋慕之情。

可见，曹雪芹写人物性格从来都不是白描直写，而是善于通过小物件等一系列小细节，精心设计，巧妙安排，来烘托、侧写和皴染人物性格及其命运。所以，读《红楼们》的难，往往在于迷失于细节，我们不能放过细节，但同时又要懂得跳出细节去欣赏，看来这两手抓两手都要硬啊！

第六章 红楼医礼：
医者、病者，各持各礼

中国自古以来就是"礼仪之邦"，各行各业都有其要遵循的"礼数"，行医看病也不例外。《红楼梦》洋洋大观，自然少不了对大家族中人情冷暖的描摹，而若要论人情冷暖，病榻之前最见人心，这一点，古今中外，概莫如是。但通过《红楼梦》我们还能看到，有一点与现代社会非常不同，就是在古代封建礼制体系中，医生只属于"中九流"职业，社会地位远不如今。所以，不论是"出诊"，还是"受诊"，所讲究的礼数均不可同日而语，尤其是对女性来说，就算是个贵族，甚至是皇族，在看病过程中也都要遵循专门针对女性的特殊礼仪，由此还酿成了许多悲剧。因而，如果不了解点红楼医礼那些事儿，很多情节可能还真品不出那个味儿。

一、医者之礼

孙思邈在《千金方·大医精诚》中对医家礼仪进行规范："夫大医之体，欲得澄神内视，望之俨然，宽裕汪汪，不皎不昧。……又到病家，纵绮罗满目，勿左右顾眄；丝竹凑耳，无得似有所娱；珍馐迭荐，食如无味；醽醁兼陈，看有若无。"这里就说到，古代大夫行医看病之时，首先要管理好自己的仪容仪

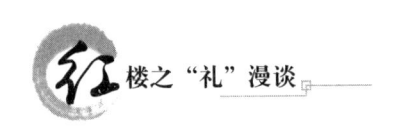

态，到病人家时不能左顾右盼，也不能受丝竹、珍馐等诱惑，应该做到谦和有礼，务实有度。以此为依据，就可以品评《红楼梦》中塑造出的一系列个性鲜明的医者形象，有的非常符合"医礼"，有的根本无视任何礼数，有的甚至坏了心肠。比方说，为秦可卿诊病的张友士，就是个儒医；而被尤二姐的美貌扰乱了心神而乱开"虎狼方"的胡君荣，就是个彻头彻尾的庸医。

就说这个胡君荣，本还是个太医，按理说应该谨守医德，医术精湛，但在《红楼梦》里出场两回，闯两回祸，且一次比一次严重。先看第五十一回"薛小妹新编怀古诗 胡庸医乱用虎狼药"一节，晴雯得重感冒时就是他给诊治的，那时他还只是个太医院的新医生，但不论新老，起码德行要端正，但当他给晴雯切脉时，一见大红绣幔里伸出来的手上"有两根指甲，足有三寸长，尚有金凤花染的通红的痕迹，便忙回过头来。有一个老嬷嬷忙拿了一块手帕掩了"。表面上看，他似乎很懂礼数，但一个"忙"字就露馅了，"忙"意味着心内慌乱，如果没有春心荡漾，又怎会有所慌乱，这里也为六十九回埋下伏笔。所以，最后他连男女都没分清，就下了猛药。多亏宝玉精通医理，看了方子吓得直呼"该死，该死，他拿着女孩儿们也像我们一样的治，如何使得！凭他有什么内滞，这枳实、麻黄如何禁得。谁请了来的？快打发他去罢！再请一个熟的来。"随后，宝玉又请了王太医给晴雯复诊后重开药方，宝玉看后才转怒为喜，说道："这才是女孩们的药。"这次危机算是就此化解，这个情节同时也皴染出宝玉许多真性情——对丫鬟看病这等小事都如此上心，实在显得他仁爱之心爆棚，且心细如发。让人不禁要问，小小年纪的一个贵公子连医道都略通一二，他真的是贾政眼中那样顽劣少年吗？这些都是人物侧写。

同时做足铺垫的还有胡庸医的"色"——见到丫鬟美甲都会失神的人，见到奶奶"金面"后又该如何？第六十九回"弄小巧用借剑杀人 觉大限吞生金自逝"讲到，尤二姐因怀有身孕，又

第六章　红楼医礼：医者、病者，各持各礼

中了凤姐的计，受了秋桐的气，便"恹恹得了一病"，贾琏赶忙请太医为其诊治，但王太医此时也病了，贾琏派去的小厮就临时抱佛脚，把这个胡庸医请了过来。我们要知道，古时男医生是不能直接给女病人看病的，以遵循"男女授受不亲"的礼数，所以看病时一般会用纱幔或屏风隔在二人之间，号脉时还会用牵线或在手腕上蒙上手绢。但是，这位胡太医不仅要求"请出手来"为尤二姐诊脉，又提出"须得请奶奶将金面略露露，医生观观气色，方敢下药"。这下可好，这位见到姑娘美甲都能春心荡漾的胡庸医，看到二姐"金面"的一瞬间，便"魂魄如飞上九天，通身麻木，一无所知"了。遂后一口咬定二姐"不是胎气，只是瘀血凝结"，胡乱开了"虎狼之剂"，生生将其腹内已成型的男胎给打了下来，随后贾琏命人去打告他，谁知他早已卷包逃跑。此等庸医，不说治病救人了，断是早就黑了心肠。

与此形成鲜明对比的是六品御医王济仁。第四十二回"蘅芜君兰言解疑癖　潇湘子雅谑补余香"讲到贾母欠安，王太医被请至贾府。曹雪芹不愧是细节描写大师，且看王太医是如何进贾府的？贾珍贾琏等人给他引路时，他不走中间甬路，只走旁阶。作为一个能给皇上看病的六品御医，又是贾府常年延聘的，而且叔祖王君效还是当年太医院的正堂，居然进了贾府还能把姿态放得这么低，实属难得。再看他进入贾母房间后的问诊过程——尽管女眷皆隐于碧纱橱之后，王太医依然不敢抬头，忙上来请了安，之后老嬷嬷端上来一张小杌子让王太医坐，但王太医只屈一膝坐下，歪着头诊了半日，又诊了那只手，忙欠身低头退出。寥寥数语，便勾勒出王太医周全的行医礼数，也将封建贵族之间行医看病的森严礼法，描绘得淋漓尽致。

王太医如此"德医双馨"，也难怪成绩斐然，且看他在贾府的成果：第二十八回，老太太让黛玉吃的是"王大夫的药"；第三十一回，被宝玉一脚踹伤的袭人，是他治好的；第五十三回，

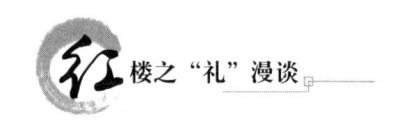

为宝玉夜补孔雀裘而加重病情的晴雯，是服下他的调养药有所好转的；第五十七回，被紫鹃谎称黛玉要回老家而吓得"只剩下半个人儿"的宝玉，也是他确诊痰迷之症后用丸药才调理好的。只想说，好一个医者仁心，药到病除！

  我们不禁要问，为何同为太医，胡、王二人差异竟如此之大？孔子曾说："人而不仁，如礼何？"在儒家观念中，规矩秩序只是"礼"的外在形式，其根本内容乃是道德伦常。只有心中有"仁"，"礼"才有其价值与意义。也就是说，在中国文化中，礼仪的"仪"固然重要，但更重要的是"仪"背后的"礼之精神"。所以说，中国文化中历来把从医者的医术视为"仁术"，医者唯有长存仁爱之心，才能不忘初心，以救死扶伤为己任，才会严于律己，对自身德行加以省察约束。如此行医，才能呈现出谦恭有礼的仪表仪态。当然，"仁术"除了要求医者内在求"仁"，同时还要外在求"术"。光有仁义但医术不高，同样也无法治病救人，所以说医术精湛、业务精良也是从医者的基础保障。

  联系到现实，近来看到多起医院院长因巨额贪污落马的新闻，暂且不说其行为有多恶劣，最让我感到震惊的是，有个女院长在采访视频里哭天抹泪地发表忏悔之言，说的竟然是她这个年纪了如果再进去蹲个一二十年，出来后咋个养老?！天啊，都到这时候了，她忏悔的居然不是因为她的贪腐，让多少穷人看不起病的问题，想到的仍然只有她自己！这等人，别说什么医者仁心了，简直是自私至极。如果法律能衡量人心，一定要判她个无期。但是现实层面，法律的边界有时触及不到道德系统，而且中国文化也不讲什么"彼岸"价值观，中国文化的内核——儒家文化是典型的现世文明，所以我们更需要再次建构"礼"文明体系，以"礼"涤荡灵魂，以"礼"规范行为。我认为，这是建构社会主义现代化精神文明体系中，非常重要的一步。

二、病者之礼

如果说医者之礼，最是一种仁爱之心，那么病者之礼，则体现为一种尊敬之意。尤其是，身居高位者，面对专业人士时，也应对其表现出应有的尊敬。这一条，放在现代，同样适用，反映的是人的修养问题；而放在古代，意义要更甚一层，因为古代医生的地位与当代不同，属于"非主流"职业。

古人的职业，要分个"三教九流"。"三教"指的是儒、释、道，"九流"又分"上九流""中九流"和"下九流"，以此划分社会等级。具体而言，"上九流"包括帝王、圣人、文人、隐士群体，他们构成上层社会，非常受人尊敬；"中九流"包括医生、僧侣、道人和算命先生等，他们有一技之长，社会地位中等；最后是"下九流"，在古代社会是最让人看不起的职业，包括戏子、巫婆、娼妓和乞丐等。

由此可见，中国自古就有尊文重道的人文传统，社会地位最高的，除了帝王，就是文人。记得一次访谈中陈道明坦言，说有一段时间他自己是比较浮躁的，因为每个人都说他戏演得如何如何好，所以那段时间身上一直有股傲气，但在拍《围城》之前，他特意去向钱钟书先生请教，一共聊了三次，彻底改变了他的认知。原来他发现，那么有名气的一个文学大家，家中家具陈设却非常简单，甚至可以用简陋来形容，但在他家里可以闻到书香，听到安静。所以在采访最后他直言不讳地说："在文化面前，我狗屁不是！"从此，意识到了文化的重要性，他决定静下心来增加自己的文化修养，成为一个有眼界、谈吐有墨香的人。的确，文化修养可以提高一个人的境界，让人圆融、豁达、睿智、谦逊。这样的人，就算身居高位，也不会自我膨胀，目中无人。

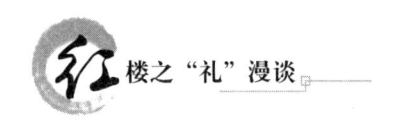

但是古代医生的地位却并未归入文人阶层，只属于"中九流"。为何如此？这就要追溯到春秋战国时期的社会变革了。当时，官学下替，私学竞起，百家争鸣，士大夫阶层崛起，而医生却未能有幸成其一员，反而降为百工之一，社会地位由此一落千丈，最终沦为"贤君子"所不齿的"贱工"。所以，从这个标准看，如果病患在古代社会地位较高，但对所请医生仍然彬彬有礼，那确实说明这户人家做到了儒家所讲的"威而不猛"，既贵气又体面；反过来，也会得到医生更多的尊敬。这样一来，医生和病人之间各持各"礼"，就更容易建立起一种互相尊重与信任的关系了。

不过《红楼梦》里出场的医生，除了用一碗冰糖雪梨汤跟宝玉胡诌妒妇方的"王一贴"是个王道士之外，其他出场的基本都是太医。太医和普通医生还不同，是有官阶的，专给朝廷的人看病，尤其是给皇室看，所以也叫御医。但下面这个红楼医疗名场面里，我想说的那个大夫，当时既不是太医，也不是当地普通医生，更不像王太医那样是领贾府年例的，他是谁？他就是贾珍给儿媳秦可卿请的名医张友士，他是一个"儒医"。

说他是"儒医"，是因为第十回里贾珍的好友冯紫英，推荐张友士给秦可卿看病时，说得很清楚，说张友士是他"幼时从学的先生，学问最是渊博的，更兼医理极深，且能断人生死"。古代文人精通医理的也不在少数，宝玉的医理就很不错，看方子能知道用药对不对，还因此从胡庸医手里救了晴雯一命。再看第十回的回目"金寡妇贪利权受辱　张太医论病细穷源"，其实当时给秦可卿看病的张友士还不是太医，这一点，冯紫英也交代清楚了，他说这个张先生"今年是上京给他儿子来捐官的，现在他家住着呢"。所以贾珍一听就高兴了，说"这么看来，竟是合该媳妇的病在他手里除灾亦未可知。我即刻差人拿我的名帖请去了"。

什么是"名帖"？这是我们要了解一些的中国传统文化，"递

第六章 红楼医礼：医者、病者，各持各礼

"名帖"是古时官僚士绅之间交往常用的"拜访礼"。就像现在我们都用手机，要是要找谁办个什么事，最好先提前联系人家一下，或发信息，或打电话，还是要事先问问对方是否方便见面？如果能见，还要提前确定好时间和地点。我还是见过很多不懂这些礼数的人，发个信息一上来就问"你在干啥？"，问的我莫名其妙，心想"你是谁？找我干吗？我为什么要跟你分享我的私生活？"不知大家是否有同感？这是典型的社交失败案例。因为信息不对等，你询问对方的短信里至少应该有姓名、寒暄，然后再说你的诉求，否则一句"你干啥呢"就能把天聊死！古代也一样，古人想拜访谁，是不能直接去的，按礼数是要先送个"名帖"过去。

"名帖"也叫"拜帖"，对方看了"名帖"，才会决定要不要见你，见就收，不见就直接退回。因为如果人家正好有事，或不在家，抑或不想见面，都是可以退回"名帖"的，不会当场伤面子。猜猜贾珍差人给张友士送去的名帖，被收了没？没有！小厮回来禀报说张先生回复说，"今日拜了一天的客，才回到家，此时精神实在不能支持，就是去到府上也不能看脉。等调息一夜，明日务必到府。"这个理由说得还是比较诚恳。从他第二天到府给秦可卿诊脉时，也是先"调息了至数"①，以及后续"论病细穷源"时的专业态度，都可以看出来是个非常严谨的医生。

另外再说说贾府是如何给大夫付诊费的问题。其中涉及的礼节和现代大有不同，从中也能看出，中国的社会基础就是一种人情社会，这点是自古以来已经渗透到了我们的骨子里。

现在看病，已经完全市场化了，先挂号交费再看病，没什么

---

① 中医诊脉，医生要先稳定自己的呼吸，叫作"调息"。一呼一吸叫作一息。正常人一息之间脉搏跳动的次数叫作"至数"。"调息了至数"，就是说医生诊病前先调整好自己的呼吸，然后诊察病人在医生一息间的脉动次数。

商量。但清代不一样，《红楼梦》里说得很细。要先看你是不是来府里给看病的新医生，比如给晴雯乱用虎狼药的胡庸医，当时就是第一次进贾府出诊，因为他的药方有问题被宝玉看出来了，就想给点银子立刻打发了去。这其中就有一段宝玉问下人该给他付多少诊费的对话，原文是这样的，婆子说："只是这大夫又不是告诉总管房请来的，这轿马钱是要给他的。"宝玉道："给他多少？"婆子道："少了不好看，也得一两银子，才是我们这门户的礼。"宝玉道："王太医来了给他多少？"婆子笑道："王太医和张太医每常来了，也并没个给钱的，不过每年四节大趸送礼，那是一定的年例。这人新来了一次，须得给他一两银子去。"（第五十一回）这里至少说到三点信息：其一，如果是总管房请来的新大夫，那就是贾府账房负责支银子；其二，像王太医和张太医这样每常来，是不用单次给出诊费的，是按年付——"每年四节大趸送礼，那是一定的年例"；第三，新大夫单次出诊该给多少？婆子说"一两银子，才是我们这门户的礼。"

　　单说这个"年例"，我认为恰恰体现出，中国是个典型的人情社会，文人传统经久不衰。像贾府这样的名门望族，在医酬的结付方式上和普通人家是不同的，上流社会行事要讲究体面。中国的上流社会是什么社会？"上九流"那是一种文人社会，士文化就没断过。"士"又是什么？余时英写《士与中国文化》，谓"士"为中国古代的知识分子阶层，2000多年以来，虽然士人的外在形态不断变化，但他们身上那股精神，一以贯之。他们身处道统与政统之间，一方面对"道"保持着不懈追求，另一方面关心并投身于政治现实，积极进行社会建构。士人，将修身作为治国、平天下的前提，努力在政治权力面前保持自重，他们对中国文化的发展与传承，起到了至关重要的作用。人能弘道，士志于道，如此而已。可以说，"士文化"是中国文化史上的一条大动脉。

所以说，在这种历史文化熏陶之下，贾政能不逼着宝玉发奋读书考取功名吗？贾家的祖辈是立军功起家的，后代承袭爵位而已。往根上说，并不是根红苗正的书香门第。黛玉之母贾敏所嫁的林如海家，那才是真正的资深贵族——除了五代承袭祖上爵位之外，林如海还凭借自己的实力，中了前科的探花，迁为兰台寺大夫，后为扬州巡盐御史。妥妥一个官五代，顺境中成长，再攀高峰，使得林家"虽系钟鼎之家，却亦是书香之族"。单说文化底蕴这一点，林家就把贾家甩出八条街去。

但文化底子不厚，并不意味着不崇尚文人雅士。精英阶层，你别管是军事精英、政治精英，还是文化精英，都属于上流社会，但不包括经济精英。像跟贾雨村"演说荣国府"那个冷子兴，一个皮货商人，在贾雨村眼里就是个有钱没文化的土豪，闲谈几句还行，绝对不会深交。所以，话说回贾府给王太医的"年例"，这里头大有讲究，包含着一种文人情怀——不直接谈钱，谈钱不雅。这种情况下，贵族家常常"聘请"数位固定医生，要么给年薪，要么逢年过节奉上厚礼。遇到家中有病人，便差人请医生上门给看看。这样一来，既减少了每次付费的麻烦，又少了金钱交易的不雅，逢年过节送礼、送红包还多了些节日的喜庆与温情。人情社会，人情社会，就是这么来的。

三、女性受诊时的禁忌

说到这，还想专门说一下古代女性看病的禁忌。所谓"女病难医"，恰恰反映出古代女性地位低下的社会现实。即便是贾府的贵族小姐和尊贵夫人，也免不了遵守一套看病时的繁文缛节，有时还会折腾得贻误病情，雪上加霜。唯一例外，就是贾母这样地位、年事"双高"的贵族女性，在自己家中还算有些许特权，

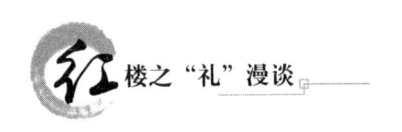

可以小小"破例"。所以，细读《红楼梦》中女性接受诊治的相关情节，可以看到封建礼教对女性的束缚，甚至是迫害。

为何会出现"女病难医"这种怪现象？这当然跟封建礼教讲的"男女授受不亲"有关。但如果就此就把这一理念一棒子打死的话，它还真是有点冤。我认为讲点"男女授受不亲"，就算放到现代，也不是没有积极意义的。

国际社会就"社交距离"早有共识。一般来说，一是陌生人之间的距离，也就是公众距离，应该是3~4米开外，挤地铁那是没办法。二是同事之间的社交距离，因为要谈工作，是可以近点，但最近不能超过1米，大概面对面两臂的距离；而至于半臂距离的"谈事儿"，很可能意味着办公室恋情，抑或有性骚扰之嫌，一定要警惕。三是属于个人空间的个人距离，包括非正式场合的交谈在内，都应该保持在半米以上为宜。说到这想起来有些学生下课问问题，一下子冲到老师面前，定定站在一个连老师脸上的斑斑点点都能看清楚的距离，还以为是尊敬，殊不知已经是闯入他人个人空间的不礼貌行为了。四是亲密关系的距离，距离小于15厘米，这是一个可以肌肤相触、耳鬓厮磨的距离，是一个能感受到对方的体温、气味与气息的距离，是一个只属于亲人、挚友、情侣和夫妻的距离。

由此看，"男女授受不亲"投射到现代，与一套更科学的社交距离理论，遥相呼应，底层逻辑是相通的。只不过，很多理念我们古为今用时，讲求"取其精华，去其糟粕"。古时讲"男女授受不亲"，有所谓"食不连器、坐不连席"之语，当然不再适用于现代社会。它的精华在于，社交中有礼、有节、有度的那种通体气派，放在何时何地，都是一种体面。至于糟粕，就是一旦这种理念走向僵化，它就会摇身一变，变成"吃人的礼教"，而"女病难医"根源也在于此。

因为礼教约束，古代医生多为男性，所以在传统道德礼仪规范之下，女性患者在接受男医生诊疗时，医患双方要遵守更为严苛的礼数。再加上古代中医的诊疗手段，主要靠"望、闻、问、切"四法，对患者的病症进行初步诊断，之后再分析病因并开具药方。所以，在"望、闻、问、切"的环节，女性患者就需要采取相应的隔离措施，避免与陌生男子相见，更不能有任何身体触碰。正如明代名医李梴在《医学入门·习医规格》中明确规定的那样："如诊妇女，须托其至亲，先问症色与舌及饮食，然后随其所便，或症重而就床隔帐诊之，或症轻而就门隔帏诊之，亦必以薄纱罩手。"其中的过程非常繁琐，这种情况在《红楼梦》中作者借贾珍夫妇之口，也多有批评。

第十回里，名医张友士"论病细穷源"之前，东府里一群庸医给秦可卿看病，就一个月经不调，折腾许久也没个定论。遂尤氏对贾珍抱怨，"可倒殷勤的很，三四个人一日轮流着倒有四五遍来看脉。他们大家商量着立个方子，吃了也不见效，倒弄得一日换四五遍衣裳，坐起来见大夫，其实于病人无益"。贾珍说道："可是。这孩子也糊涂，何必脱脱换换的，倘再着了凉，更添一层病，那还了得。"由此可见，封建妇女真不容易，就算是贵族女性，就算得了病，但规矩一点儿不能少。就为看个病，居家服和会客服一天反复换几次，真像贾珍所言，没病也折腾出病了。这是古代女子看病难的"真相一"！"真相二"就更惨了，那就是很多女性落得个被误诊的下场。上文提到过色字当头的胡庸医，先后误诊晴雯和尤二姐。晴雯被误诊，还有宝玉拦着，但二姐被误诊，掉了一个好端端的男胎，贾琏又在哪儿呢？大夫倒是他请的，但是他没宝玉那颗心，他的心早在新欢那儿了，"脏的臭的都往屋里拉"（贾母语）。叹！叹！叹！贾府中众多女性看似过着"鲜花着锦、烈火烹油"般的日子，但是背后呢？却是"各有各的伤心事儿"。

最后再让文学照进现实，封建社会中"女病难医"的现实，

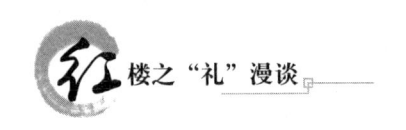

更让人唏嘘。明太祖朱元璋在洪武五年（1372年）六月制定礼仪时，要求"宫嫔以下有疾，医者不得入宫，以症取药。"所谓"以症取药"，即嫔妃生病，医生只能根据近侍转述的病情开药方。呜呼！这些娘娘们就自求多福吧。试问，有哪个侍女能像宝玉那般精通医道的？转述者一旦描述不准或语焉不详，甚至是刻意隐瞒，再使点手段啥的，都极易导致医生的误判，疗效就可想而知了。都说封建礼教吃人，从"女病难医"看，古代女性的生存空间的确就像个"薄命司"。贵族女性尚且如此，底层女性不说也罢，说了也是"一把辛酸泪"……

第七章　红楼年节：礼尚往来？
还是礼"上"往来？

《红楼梦》第五十三回"宁国府除夕祭宗祠　荣国府元宵开夜宴",是一回大关节之文。"除夕祭宗祠"一题极博大,"元宵开夜宴"一题极富丽,拟此二题于一回中,早令人惊心动魄(戚序)。但说惊的是什么?只是惊叹于宁荣二府四辈人祭宗祠、开夜宴的隆重场面吗?如果您只看到这一层,而未见繁花似锦身后的一些东西,那就说明还没品出曹雪芹隐在本回一番铺叙之下的深意。它究竟是什么?让我们从最重要的"开祠祭祖"聊起。

一、开祠祭祖之前的那些事儿

贾母喜欢热闹,端午、中秋都玩出了不少花样,过年那就更怠慢不得了。从腊月开始,王夫人和凤姐儿就开始置办年事了。到了除夕这一天,头等大事莫过于开宗祠、祭先祖了。表达缅怀之情的同时,子孙还能一起祈福美好的未来。《红楼梦》里是这样描写的:

>　　且说贾珍那边,开了宗祠,着人打扫,收拾供器,请神主,又打扫上房,以备悬供遗真影像。此时荣宁二府内外上下,皆是忙忙碌碌。(第五十三回)

红楼之"礼"漫谈

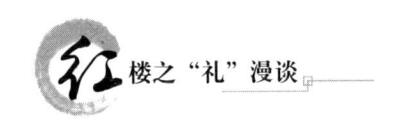

这段文字简单,但也有个问题:为何是贾珍?偏偏是他负责张罗贾家两府一年上下里最重要的一场活动——开祠祭祖。这个渊源还要说到,当日宁国公和荣国公本是一母同胞两兄弟,宁公居长,荣公居次,故贾氏宗祠位于宁国府内。而宁国府那支,贾代化留下两个儿子,分别是贾敷、贾敬,贾敷早死,而贾敬一心只想着修仙,早就不问世事了,爵位便给了其子贾珍,所以祠堂之事自然就是贾珍负责照看料理。

接着往下看,曹雪芹还安排了两个看似像流水账一样的情节:一个是贾蓉去领"春祭恩赏"的事儿,一个是庄头乌进孝来给东府交租子的事儿。以前每次看《红楼梦》,每次都会跳过不看这两段。但现在咱们是在"俯瞰"这个大回目,这两处细节里的很多话儿,连起来一块品,那味道可就非同一般了。

这个"春祭的恩赏"因何而发?先看下原文:贾珍因问尤氏:"咱们春祭的恩赏可领了不曾?"尤氏道:"今儿我打发蓉儿关去了。"贾珍道:"咱们家虽不等这几两银子使,多少是皇上天恩。早关了来,给那边老太太见过,置了祖宗的供,上领皇上的恩,下则是托祖宗的福。咱们那怕用一万两银子供祖宗,到底不如这个,又体面,又是沾恩赐福的。除咱们这样一二家之外,那些世袭穷官儿家,若不仗着这银子,拿什么上供过年?真正皇恩浩大,想的周到。"尤氏道:"正是这话。"二人正说着,只见人回:"哥儿来了。"贾珍便命叫他进来。只见贾蓉捧了一个小黄布口袋进来。贾珍道:"怎么去了这一日。"贾蓉赔笑回说:"今儿不在礼部关领,又分在光禄寺库上,因又到了光禄寺才领了下来。光禄寺的官儿们都说问父亲好,多日不见,都着实想念。"贾珍笑道:"他们那里是想我。这又到了年下了,不是想我的东西,就是想我的戏酒了。"一面说,一面瞧那黄布口袋,上有印就是"皇恩永赐"四个大字,那一边又有礼部祠祭司的印记,又

第七章　红楼年节：礼尚往来？还是礼"上"往来？

写着一行小字，道是"宁国公贾演、荣国公贾源，恩赐永远春祭赏共二分，净折银若干两，某年月日龙禁尉候补侍卫贾蓉当堂领讫，值年寺丞某人"，下面一个朱笔花押。（第五十三回）

　　这段有点长，信息量也着实有点大。为了不迷失于细节，我们抽取三个关键词：恩赐、荣耀与想我。先回答刚才那个问题："春祭的恩赏"因何而发？从文化常识看，《礼记》里提过，"凡祭有四时：春祭曰礿，夏祭曰禘，秋祭曰尝，冬祭曰烝"。春祭是过年时对祖宗的祭祀，春祭恩赏就是皇帝按照惯例给受封荫的官僚供祭祖用的银两，重在有面子。

　　我们再看贾珍是如何表达这层意思的？翻译成大白话就是：咱们家是祖坟上冒过青烟的，感恩皇恩浩荡，感念祖上积德，我们是世袭之家，直到现在还享受政府津贴呢。虽然钱不多，但意义重大，那是"沾恩赐福"的，多体面啊。反正我们也不差这几个钱，不像"那些世袭穷官儿家"，还要指望这些银子过日子，咱可不怕少，有就是荣耀！"早关了来，给那边老太太见过，置了祖宗的供"。这里的"关"，就是"发薪水""发饷"的意思。贾珍这番话，明显带足了优越感。跟自己老婆说话还长篇大论的，而且老婆听完只答四字"正是这话"，一个高大上，一个傻白甜，像极了领导对单位里的"小透明"讲话。话说回来，这些话看似口水得很，其实都隐含着东西呢？如果一个在外能独当一面的真男儿，用得着在屋里头刷存在感吗？如果一个人凭一己之力就能闯出一片天下，他还会抱着祖上的老皇历不放，专去和那些混得不好的人比，以此来找成就感吗？这些都暂且先记在这里，后头还有印证。

　　第三个关键词是"想我"，想我什么？贾蓉领完"春赏"回来，贾珍问他怎么去了这么久？他就开始交代，发津贴的政府部门是如何调换了，从礼部换到光禄寺了，顺便就说光禄寺的官儿们可都问您好呢，还说多日不见，甚是想念。非常拉家常的一个

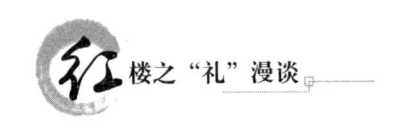

场景。可下面我们看贾珍的反应,就非常老狐狸了。他笑道:"他们那里是想我。这又到了年下了,不是想我的东西,就是想我的戏酒了。"不愧是老狐狸,看得挺透,但看透了又有什么用,还不是该上供就得上供。

说到这番光景,不禁让我想到曹雪芹家族的没落。曹家从曹寅开始,因得了康熙的信任,任了江宁织造这个肥缺,的确走向了辉煌。但挣得多,抵不住花得更多。皇帝几次下江南要接驾不说,还有其他各级官员下来"视察",而且接待你不接待他,也说不过去啊,所以"接待费"是节节攀升。康熙时,还好说,毕竟得宠。但到了雍正时期,苦日子就来了。雍正对曹家的怨恨,是从九子夺嫡时就开始了,非说曹家是"八爷党"的。这话就说不清楚了,当年接待官员的时候,保不齐里头就有后来发现站错队的。所以,雍正时期曹家的日子一直都是如履薄冰的。这段历史现在可以去北京的曹雪芹故居纪念馆看,不是植物园那边那个曹雪芹纪念馆。曹雪芹故居纪念馆,是唯一有史可考的曹雪芹故居,史料上记载了他家从江南回到京城,就住在以前崇文门蒜市口地区的十七间半房里。

说到这,开头说的繁华后头隐藏的东西,差不多已经半浮出水面。再看看本回第二个"流水账"情节,即乌庄头进东府交租子,也就齐活了。这部分最令我震撼的,就是那份清单。乌进孝都带来了什么?只见上面写着:"大鹿三十只,獐子五十只,狍子五十只,暹猪二十个,汤猪二十个,龙猪二十个,野猪二十个,家腊猪二十个,野羊二十个,青羊二十个,家汤羊二十个,家风羊二十个,鲟鳇鱼二十个,各色杂鱼二百斤,活鸡、鸭、鹅各二百只,风鸡、鸭、鹅二百只,野鸡、兔子各二百对,熊掌二十对,鹿筋二十斤,海参五十斤,鹿舌五十条,牛舌五十条,蛏干二十斤,榛、松、桃、杏穰各二口袋,大对虾五十对,干虾二百斤,银霜炭上等选用一千斤、中等二千斤,柴炭三万斤,御田

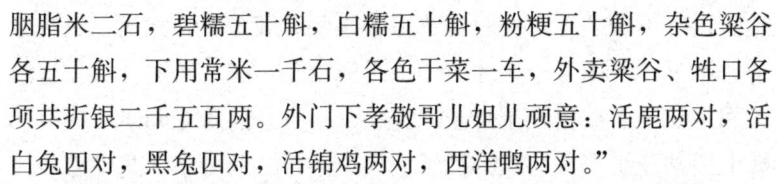

第七章 红楼年节：礼尚往来？还是礼"上"往来？

胭脂米二石，碧糯五十斛，白糯五十斛，粉粳五十斛，杂色梁谷各五十斛，下用常米一千石，各色干菜一车，外卖梁谷、牲口各项共折银二千五百两。外门下孝敬哥儿姐儿顽意：活鹿两对，活白兔四对，黑兔四对，活锦鸡两对，西洋鸭两对。"

每次看到这，虽然觉得那些对话有点婆妈不想看，但这个单子每次都看得很细，心里还会琢磨：大鹿都上了三十只，鹿舌还要五十条，那割了舌头的鹿呢？能不能自己留着吃？就是觉得太多了，会不由得想，就算乌庄头替东府管的庄子多，但一个庄户人家一年到头的，能有多高产？况且种类还如此之多？反正也说不清，每次都觉得心里不舒服。除了这些实物，乌进孝这次还带来了现银2500两。当然，我又要觉得这也太多了。但我不是贾珍，贾珍一看这个数，立刻就不满意了。说他都计算过了，应该至少拿5000两来，甚至是一万两。阿弥陀佛！请原谅贫穷限制了我的想象力。贾珍是有见识的，才敢这么狮子大开口，不愧是不在乎政府津贴多少的人，人家是大地主嘛。现在好像也是，乡下有地产的，都是老大。

这些暂且不表，接下来有意思的是，乌进孝和贾珍、贾蓉父子居然开启了互相卖惨模式。这边说，今年一会旱灾，一会洪涝，一会又下雹子，收成都不好，很多地方赔钱；那边呢，也有一肚子苦水，说贵妃省亲都把家里掏空了。一听这话，乌进孝就纳闷了，估计他跟我一样贫穷限制了想象力，不了解顶流生活，他就问了"有去有来，娘娘和万岁爷岂不赏的！"这话儿怎么回？接下来贾珍、贾蓉父子的话里话外，透出的信息量可就大了，也点明了西府那边的现状是"黄柏木做作磬槌子——外头体面里头苦"。下面请看原文，对话更精彩。

贾珍听了，笑向贾蓉等道："你们听，他这话可笑不可笑？"贾蓉等忙笑道："你们山坳海沿子上的人，那里知道这道理。娘娘难道把皇上的库给了我们不成！他心里纵有这心，他也不能作

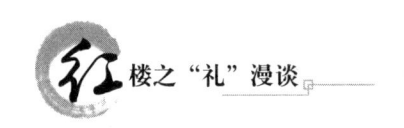

主。岂有不赏之理，按时到节不过是些彩缎古董顽意儿。纵赏银子，不过一百两金子，才值了一千两银子，够一年的什么？这二年那一年不多赔出几千银子来！头一年省亲连盖花园子，你算算那一注共花了多少，就知道了。再两年再一回省亲，只怕就净穷了。"贾珍笑道："所以他们庄家老实人，外明不知里暗的事。黄柏木作磬槌子——外头体面里头苦。"贾蓉又笑向贾珍道："果真那府里穷了。前儿我听见凤姑娘和鸳鸯悄悄商议，要偷出老太太的东西去当银子呢。"贾珍笑道："那又是你凤姑娘的鬼，那里就穷到如此。他必定是见去路太多了，实在赔的狠了，不知又要省那一项的钱，先设此法使人知道，说穷到如此了。我心里却有一个算盘，还不至如此田地。"说着，命人带了乌进孝出去，好生待他，不在话下。（第五十三回）

就这一段，预示着全书的一个大关节，预示着贾府的命运，渐渐开始由盛转衰。根本原因是什么？是寅吃卯粮，所有的崩溃都是从芯儿里开始腐烂的。试问，这不正是曹雪芹所处时代的社会通病吗？！清末，有多少官员只讲官派，而不做实事；只知道维护面子，谁又去管里子的问题？内部矛盾积重难返，待到内忧外患的一个临界点，只需一根稻草，就可以压死整个骆驼。以古鉴今，居安思危，真的要引以为戒啊！

二、不出十五都是年

说完"开祠祭祖"之前的那些事儿，曹雪芹这种"正写反看"独一无二的脑回路，大家是不是更有体会了？就像风月宝鉴，一定要反着看，正着看是美，里面都是贾瑞和梦寐以求的凤姐之间的羞羞画面，但是要命啊；还有就像甄士隐（真事隐）和贾雨村（假语存），《红楼梦》一开篇就能看到甄士隐人生幻灭的

第七章　红楼年节：礼尚往来？还是礼"上"往来？

这个小逻辑，这是否预示着：假语存下来的这些，更是个生命的"大幻灭"？第五十三回"宁国府除夕祭宗祠　荣国府元宵开夜宴"也是，题目一上来就是"鲜花着锦、烈火烹油"的两个大节，但咱们读了半天，读到祭宗祠、开夜宴的名场面了吗？咋说了半天都是什么农村遭灾、贾府虚浮的事儿？正写反看，这是要紧！

下面终于要进入正题了，"开祠祭祖"马上就要开始啦。这里有个看点，或者说也是个问题。一会我们会看到一系列无比繁复的祭奠仪式，什么谁拿了什么干了什么，我是万万记不住的，只觉得无聊。但《红楼梦》是一部伟大的作品啊，怎么能有让人觉得无聊的描写呢？事出反常必有妖。那就先一起去看看，这个祭祖的原文究竟有多无聊？然后再跳出去，看看这段背后到底有什么"幺蛾子"？

"开祠祭祖"这部分，摄影师曹雪芹先给了"贾氏宗祠"一个"远镜头"，通过一个旁观者完成了一系列镜头语言，这个人就是薛宝琴。透过宝琴的眼睛，读者大概也知道这宗祠长什么样儿了，然后立马就上来几个"近镜头"，全都聚焦在宗祠每道门上"高大上"的匾额和对联上了。为什么？因为他们太厉害了。匾额要么是孔子后人"衍圣公"题的，要么就是御笔，而对联内容也很有深意。第一副长联是：肝脑涂地，兆姓赖保育之恩；功名贯天，百代仰蒸尝之盛。第二副写道：勋业有光昭日月，功名无间及儿孙。第三副：已后儿孙承福德，至今黎庶念荣宁。

再往里看，宝琴说"里边香烛辉煌，锦帐绣幕，虽列着神主，却看不真切。只见贾府人分昭穆排班立定：贾敬主祭，贾赦陪祭，贾珍献爵，贾琏贾琮献帛，宝玉捧香，贾菖贾菱展拜毯，守焚池。青衣乐奏，三献爵，拜兴毕，焚帛奠酒。礼毕，乐止，退出。众人围随贾母至正堂上，影前锦幔高挂，彩屏张护，香烛辉煌。上面正居中悬着宁荣二祖遗像，皆是披蟒腰玉；两边还有

79

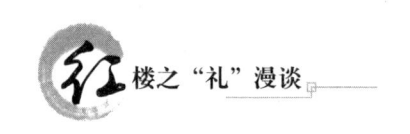

几轴列祖遗影。贾荇贾芷等从内仪门挨次列站,直到正堂廊下。槛外方是贾敬贾赦,槛内是各女眷。众家人小厮皆在仪门之外。每一道菜至,传至仪门,贾荇贾芷等便接了,按次传至阶上贾敬手中。贾蓉系长房长孙,独他随女眷在槛内,每贾敬捧菜至,传于贾蓉,贾蓉便传于他妻子,又传于凤姐尤氏诸人,直传至供桌前,方传于王夫人。王夫人传于贾母,贾母方捧放在桌上。邢夫人在供桌之西,东向立,同贾母供放。直至将菜饭汤点酒茶传完,贾蓉方退出下阶,归入贾芹阶位之首。凡从文旁之名者,贾敬为首;下则从玉者,贾珍为首;再下从草头者,贾蓉为首;左昭右穆,男东女西;俟贾母拈香下拜,众人方一齐跪下,将五间大厅,三间抱厦,内外廊檐,阶上阶下两丹墀内,花团锦簇,塞的无一隙空地。鸦雀无闻,只听铿锵叮当,金铃玉佩微微摇曳之声,并起跪靴履飒沓之响。一时礼毕,贾敬贾赦等便忙退出,至荣府专候与贾母行礼"。(第五十三回)

如何?看完脑子大了没?没大的,就赞你是超强大脑!总之,这段描写是典型的封建大家族按照礼制祭祖的名场面。礼制思想是孔子提出来的,简单说,他认为:与其用行政、司法、军队来"刚性"治国,不如用礼仪、礼制、礼乐来"柔性"兴邦。所以,祭祖好啊,祭祖可以缅怀先辈的光荣历史,看到自我奋斗的标杆,可以激发自我反思,反思如何做一个忠诚、仁爱、守信的人。所谓"慎终追远,民德归厚矣"。贾氏宗祠那些高级对联里,讲的什么?肝脑涂地、功名贯天,都是在说祖上功勋,得到了皇上以及世人的广泛认可;说到"功名无间及儿孙"这儿,又是在讲这功名到儿孙这也没断,都续上了,杠杠的。然后一大家子齐齐整整,给祖宗行了各种礼,等于是在年夜饭大吃二喝之前,先集体澡雪个精神。祭完宗祠,子孙等又给贾母行了礼,礼毕散了压岁钱、荷包、金银锞,就摆上来合欢宴,男东女西归座,献屠苏酒、合欢汤、吉祥果、如意糕。真不愧是物质文明和

第七章 红楼年节：礼尚往来？还是礼"上"往来？

精神文明两手抓，两手都很硬！简直完美。

礼制的意义说完了，应该不难理解，但对现代人来说，难理解的可能是用文言文记载的仪式上了。比方说，啥是"贾府人分昭穆排班"的"昭穆"？《礼记·中庸》记载，"宗庙之礼，所以序昭穆也"。简单说，民间的昭穆制度，泛指按辈分排序。比如，祠堂神主牌的摆放次序为：始祖居中，左昭右穆。父居左为昭，子居右为穆；二四六世为昭，三五七世为穆；先世为昭，后世为穆；长为昭，幼为穆；嫡为昭，庶为穆。所以，"贾敬主祭，贾赦陪祭，贾珍献爵，贾琏、贾琮献帛"，就是一种长幼有序的排列。再比如，祭祖后给贾母行礼时，也是这个规矩：贾敬贾赦等领诸子弟进来，男一起，女一起，一起一起俱行过了礼。左右两旁设下交椅，然后又按长幼挨次归座受礼。两府男妇、小厮、丫鬟亦按差役上、中、下行礼。可以看到，整个仪式，铺排有序，一丝不乱。有秩序，才能稳定，这是儒家的理念。

除了宗祠祭祖，这种礼制思想还体现在过年时的另一个重要场合，那就是贾府家宴。《左传》云："名位不同，礼亦异数。"贾府家宴的座次安排意味着长幼尊卑，意味着亲疏远近，是封建礼法制度的直接体现。

贾府元宵夜宴的场面里，《红楼梦》里这样写道："上面两席是李婶薛姨妈二位。贾母于东边设一席。"后面又有："将自己这一席设于榻傍，命宝琴、湘云、黛玉、宝玉四人坐着。"接着曹雪芹又将邢夫人、王夫人、尤氏、李纨、凤姐、贾蓉之妻、宝钗、李纹、李绮、岫烟、迎春姊妹等人的座次一一叙述。不同的座次显示出不同的身份与地位。乍一看，这样的座位安排是不合礼法的，因为宝琴、黛玉、宝玉和湘云四人是小辈，绝没有坐在王夫人、邢夫人以及凤姐、李纨等人之前的道理。但是曹雪芹恰恰设计出这种违反儒家礼法画面，从而表现出贾母对这四人的疼

81

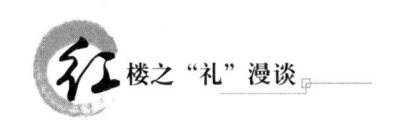

爱。宝琴自从进入贾府以来，贾母就特别喜欢，甚至还动过给宝玉说媒的念想；湘云作为贾母娘家人的女儿，自然不同于旁人；宝玉、黛玉平日总是跟在贾母身边，因而贾母对这四人的感情自然异于旁人。在这里要注意的是，不只是三春没有坐在贾母身边，就连金玉良缘的女主角薛宝钗也是远离贾母而坐。贾母不动声色安排的座位，流露出她内心对各人的喜好，有很多学者因而认为这是贾母支持"木石前盟"的一个重要依据。由此可见，在具体的生活当中，座次礼并不是严格按照规则一成不变的，而是可以根据尊者的意愿进行一定调整的。

而在当今中国社会，长幼有序，尊卑有序，仍然是潜在的社会规则，寻常人家聚会宴请虽然不再刻板地讲究每个人的座次，但长者或地位高者尊为上位，还是普遍原则。有些农村地区讲究更大，小孩不上桌，不能和长辈同席，这样的习俗也说明封建礼教在农村下沉得更深。但南北、东西、左右究竟哪一个方向为尊？中国历史中有着非常严格的界定。关于东西的尊位，早在《史记》一书中就有非常明确的记载。在鸿门宴上，项王和项伯面朝东坐，亚父面朝南坐，沛公面朝北坐，张良面朝西坐。交际之礼，亦宾东向，而主人西向。南北两个方向中，北边一般为尊，因为自古君主的座位都是要设在北边，坐北朝南。

但是关于左右的尊卑问题，的确一直以来都存在比较大的争议。春秋之前，左右的尊卑情况要根据场合来进行区别，平时的宴饮以左为尊，而出兵打仗时又以右为尊。战国以后、东汉以前，除了乘车时，都以右为尊。东汉之后，左右的尊卑又生变化，直到明朝之后才基本确立下来以左为尊。总之，《红楼梦》作为中国文化集大成者，总体而言是以北、东、左为尊，以邻近长者为尊。

三、礼尚往来？还是礼上往来？

中国人自古来，逢年过节最重视一个"礼"字。表面是"礼"，实则为"情"。从上文对《红楼梦》第五十三回"宁国府除夕祭宗祠　荣国府元宵开夜宴"大框架的梳理，以及种种细节的分析，我们可以看到曹雪芹在这个大回目里，极尽能事地描述节庆场面，但细品场面里的人物对话和行为，都透着股末世的味道。

末世味道的表象之一，便是荣宁二府的年味儿里，早就丧失了隆重仪式背后的真情实感。上面讲的开祠祭祖的确排场很大，人也到得齐全，就连终日只知道"和道士们胡羼"的贾敬都回来了，而且还是"主祭"，但拜完祖宗，他还不是继续炼丹吃药，修仙问道？过着不问祖宗基业是否后继有人的逍遥日子。再说"陪祭"贾赦，他给祖宗行礼的时候，难道真会追思慎远？而不是又惦记着哪个姑娘，琢磨着如何买来做小老婆？这两个东西二府里的"文字辈"老大尚且如此，更别说"玉字辈"的贾珍和贾琏这两个渣男，以及"草字辈"的贾蓉和贾芹。贾蓉和贾芹这二人，有个共同特点：看似乖巧，实则一肚子男盗女娼。

说起贾蓉，他是个典型"缺爱的孩子"，爷爷一直在外修道逍遥自在，父亲倒是在身边，但跟他亲近吗？如果说亲近，那真是"亲近"到了和他共享枕边人的地步了。而且平素对他动辄打骂，甚至吐口水。端午节清虚观打醮那一回，贾珍忙里忙外，看见贾蓉却在躲阴凉，就当着众人的面骂他躲懒，还指使小厮往他脸上吐口水，论谁被这样人格侮辱，自尊心都能当场碎一地。在这样的原生家庭长大，性格长期受到压抑，难免会发生扭曲。贾蓉的扭曲就表现为：在严父和外人面前总是恭恭敬敬，但人后可就要变本加厉还回来了。第六十三回"寿怡红群芳开夜宴　死金

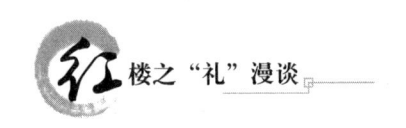

丹独艳理亲丧"又是一回大反转,先写宝玉生辰夜宴群芳,又急转到贾敬服丹药中毒身亡。这一大反转,直接把《红楼梦》从大观园的梦幻,一下子就拉到了东府的故事线,由此引出二尤的悲剧,被欺辱的姐妹先后选择自杀身亡。在尤二姐的悲剧人生中,贾蓉可以说是个重要角色,如果不是他给贾琏出馊主意,贾琏那个猪脑子又怎会想到先在府外偷娶尤二姐?尤二姐与贾蓉虽然没有血缘关系,但辈分摆在那儿呢,也算是他的姨娘,但却被他各种轻薄。先是言语轻薄,见到尤二姐就说我爸可正想你呢,然后又是行为轻薄,和他二姨抢砂仁吃,尤二姐嚼了一嘴渣子,吐了他一脸。贾蓉竟然用舌头都舔着吃了。这是多么明显的性暗示啊?眼见着,蓉哥儿一步步离他爹更近了,离人伦道德纲常更远了。

紧接着,贾蓉和二尤屋里头丫鬟之间的一系列言行,更是透露出贾家日渐衰败的真相。只见众丫头看不过,都笑说:"热孝在身上,老娘才睡了觉,他两个虽小,到底是姨娘家,你太眼里没有奶奶了。回来告诉爷,你吃不了兜着走。"贾蓉撇下他姨娘,便抱着丫头们亲嘴:"我的心肝,你说的是,咱们馋他两个。"丫头们忙推他,恨的骂:"短命鬼儿,你一般有老婆丫头,只和我们闹。知道的说是顽;不知道的人,再遇见那脏心烂肺的爱多管闲事嚼舌头的人,吵嚷的那府里谁不知道,谁不背地里嚼舌说咱们这边乱账。"贾蓉笑道:"各门另户,谁管谁的事。都够使的了。从古至今,连汉朝和唐朝,人还说脏唐臭汉,何况咱们这宗人家。谁家没风流事,别讨我说出来。连那边大老爷这么利害,琏叔还和那小姨娘不干净呢。凤姑娘那样刚强,瑞叔还想他的账。那一件瞒了我!"(第六十三回)

瞧瞧,他还挺会用词儿,好一个"脏唐臭汉"!身为宁国府的长孙,未来下一任族长,他非但不以自己的乱伦行为为耻,反而觉得像他们这般宗人家就应如此——谁家没点风流韵事?真是

第七章 红楼年节：礼尚往来？还是礼"上"往来？

应了那句话"上梁不正，下梁歪"，东府的未来可想而知。贾蓉一步步走向扭曲和堕落，逐渐成长为第二个贾珍，可以看成是宁国府走向没落的一个缩影。

而贾芹呢？这个贾府草字辈的远房子孙，人称"三房里的老四"，更不是什么好东西。他母亲周氏求凤姐为他谋了一个管小沙弥、小道士的职事，每月能得到不少份例，可一听说宁府分发年物，他又匆匆赶去想领一份，反被贾珍着实训饬了一顿。从贾珍口中我们得知，贾芹在家庙里都干了些什么事儿？那是"为王称霸起来，夜夜招聚匪类赌钱，养老婆小子"。（第五十三回）。家庙该是什么地儿？最神圣、最不该被玷污的地方。如果他在这种地方，都能做出男盗女娼的腌臜事，就说明他是个毫无底线的人。没底线的人最可怕，因为他们没有半点敬畏心和怜悯心，在最关键的时候捅你刀子，心里也不会有半分阻碍，逼急了连老子亲儿都敢卖。《红楼梦曲·留余庆》是说巧姐的，里面有一句说"休似俺那爱银钱忘骨肉的狠舅奸兄"，续书写的是贾芸企图卖掉巧姐，其实从贾芹之前种种所作所为看，这个"奸兄"应该是贾芹。看看贾府的后代，一个个狂妄至极。常言道，天要欲其亡，必先使其狂！所言极是。

再看贾府末世表象之二，就是原本的"礼尚往来"变成了纯粹的"礼上往来"，贵气不再，俗气逼人。

比方说，上文提到过，贾府祭祖前贾蓉去"关"皇上的"春赏"，回来后就跟贾珍随意说了一嘴："光禄寺的官儿们可都想着您呢。"贾珍那是人间清醒，立刻回道："他们那里是想我。这又到了年下了，不是想我的东西，就是想我的戏酒了。"貌似父子俩几句家常话儿，实则道出了其中的世态炎凉。还没到过年，朝中官员就开始着手送礼，请客吃酒，只不过不知所有那些个络绎不绝的热闹场面里，还有几分真情？也不知日后贾府落难时，又有几个仗义人能出手相帮？走动虽多，人情却淡，着实从"礼尚

85

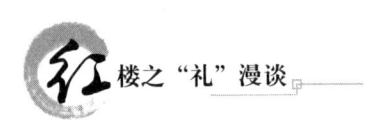

往来"变成"礼上往来"。爷们如此,内院又如何?尤氏与贾蓉之妻也要准备些针线礼物送给贾母等人,而王夫人、凤姐等人也必要回敬。一来一去,倒是应了许多"体面的虚礼"。

从这两个末世表象看贾府的命运,"除夕祭宗祠,元宵开夜宴"所描写的都是贾府盛极一时的场面,常言道月满则亏,之后不如意之事便接二连三发生,逐渐露出盛极而衰的征兆。所谓"俭开福源,奢走贫兆"。走到今天,再回过头来看第五十三回之前贾府里过的日子,又有哪个是肯"将就省俭"的?就连猫儿狗儿都比别处金贵,月钱一两银子的丫鬟就有八个。"刘姥姥进大观园"让她开眼界的"茄鲞",貌似简单,但背后的制作工艺却无比复杂,要先把皮削了,只要净肉切成碎丁,用鸡油炸了,再用鸡脯子肉并香菌、新笋、蘑菇、五色腐干、各色干果子,俱切成丁子,用鸡汤煨了,将香油一收,用炒的鸡瓜①一拌。如此笔墨虽有几分戏言,但所反映出的奢华却不假。所谓"由俭入奢易,由奢入俭难",贾府上下各色人物终日坐吃山空,挥霍无度,失礼弃谦,待日后盘算才知已"寅吃卯粮",但为时晚矣。一场极尽能事的元妃省亲,更是掏空了贾府的内瓤,使得最终落得个"使金银散尽"的下场。此乃今古富贵世家之大病(脂评),也是《红楼梦》留给后世的警示。

其实,早在第二回"演说荣国府"的冷子兴,就一语道破了贾府的命运——"如今虽说不及先年那样兴盛,较之平常仕宦之家,到底气象不同。如今生齿日繁,事务日盛,主仆上下,安富尊荣者尽多,运筹谋划者无一,其日用排场费用,又不能将就省俭,如今外面的架子虽未甚倒,内囊却也尽上来了。这还是小事,更有一件大事:谁知这样钟鸣鼎食之家,翰墨诗书之族,如今的儿孙,竟一代不如一代了!"

---

① 鸡瓜:鸡胸肉,因其长圆如瓜形,故称鸡瓜。

第八章 红楼女儿：
不同生命哲学中的悲与歌

鲁迅先生在《中国小说史略》一书中评价《红楼梦》："其要点在敢于如实描写，并无讳饰，和从前的小说叙好人完全是好，坏人完全是坏的，大不相同，所以其中所叙的人物，都是真的人物。总之自《红楼梦》出来以后，传统的思想和写法都打破了。"[①] 所以说《红楼梦》在中国文学史中，算是第一部讴歌生命之书。

生命中最可贵的是什么？难道只有活得"重于泰山"的生命，才有讴歌的价值？不见得。有时候越是小人物，在极端情况下迸发出的生命力，越是惊人。也许，每个人都有属于他的人性高光时刻。探究红楼人物，与贾府中那些"污泥浊水"相对应的，正是大观园中灵魂干净的少女们。她们身处结构性的时代桎梏，正如荣国府四位小姐元春、迎春、探春和惜春的名字，合在一起的谐音是"原应叹息"，预示着红楼女儿"飞花逐水流"的悲剧命运。虽然结局多半不幸，但生命划过，却也留下了无尽芳华。用泰戈尔的一句诗来诠释——天空中没有翅膀的痕迹，但是我已飞过。人生何必只求果，精不精彩在于我已"飞过"。

正如一众红楼女儿，留下了各自生命哲学中的悲与歌。这里我只想选四个姑娘漫谈漫谈，如何选呢？还是从本书的主视角出

[①] 鲁迅. 中国小说史略[M]. 上海：上海古籍出版社，1998.

发。红楼之"礼",和您探讨到这儿,好的呈现了许多,确实能看到中国文化中那些精华,尤其是贵族们的吃穿用度,很是精致。也证明了中国文化曾经的高度,越发达的文明,越复杂、越精致。但最后两部分,我想用批判的视角进行呈现。封建社会后期,当儒家思想一步步走向僵化,知识分子可以变成"禄蠹",女性的命运呢?人人都可以成为牺牲品。不论地位高低,在封建父权制社会中,她们面对的是一种"结构性桎梏",只能任由命运牵引着人生的沉沦。

没点生存智慧的,就像晴雯,虽然有着优于旁人的美、巧、俏,但无情的礼教分分钟就能吞噬掉她所有的生命骄傲;懂点生存之道的,就像袭人,虽然她对宝玉一片痴情,但却主动被礼教"规训",最终沦为了礼教的共谋;还有一类人誓言要同礼教抗争到底,正如鸳鸯,但她终于还是"抗无可抗",逃不出老色胚贾赦的手掌心,用生命谱写了属于她的倔强与温情;至于宝钗,她的性格横看成岭侧成峰,她的人性之所以能折射出如宝石般的璀璨光芒,也许正应为她的灵魂底色"空无可空"。

一、晴雯的"原罪"

晴雯和袭人,究竟哪个才是狐狸精?哪个更守妇道?虽然宝玉和闺中姐妹们终日厮混,但《红楼梦》中点明和宝玉"偷试云雨情"的却只有袭人。不过,在王夫人眼中,袭人却是笨笨拙拙,相反勾引宝玉的狐狸精却是晴雯。究竟晴雯哪里犯了"天大的罪过"?袭人又是如何守得"本分"?

如果说晴雯有罪,她本身这个存在就是一种原罪。只因她是大观园里最美的丫头(王熙凤语),同时还有着最巧的手、最辣的嘴和最勇的心,虽然没有勾引宝玉的事实,但也成为王夫人认

第八章 红楼女儿：不同生命哲学中的悲与欢

定的狐狸精，被生生从病榻上拉下来逐出了大观园，最终落得个在哥嫂家一张又脏又破的土炕上香消玉殒的结局。也许有些读者不喜欢晴雯的牙尖嘴利，及其刁钻的性格，但这恰恰体现出曹公的笔力，因为他能写出人性的立体，这才最让人动容。世间怎能有纯善或纯恶之人？如果人性能简单归于黑或白，那这世间也将失去五彩斑斓，晴雯也不例外。晴雯人性中的高光，莫过于她身为丫头却没有半点奴性的那一面。都说晴为黛影，从傲骨看，黛玉和晴雯确实有相似之处。比如，晴雯不仅对于主子赐予的衣物不屑一顾，而且还敢把自己的主子宝玉气得哑口无言。从人性角度出发，如果晴雯潜意识里没有对平等的渴望，又如何能外化为犀利的言语和不肯受折辱的一颗心？

表面上看，晴雯之死背后最直接的推手是宝玉之母王夫人，但元凶真的只有她一个吗？如果宝玉真正珍惜这份从小陪伴之"情"，念着她带病夜补孔雀裘之"勇"，为何不去主动改写她的命运？而只是在她被撵走时，含泪空谈他自己"究竟不知晴雯犯了何等滔天大罪！"人去楼空时，又何故再赋那无限惋惜、无比激愤的《芙蓉女儿诔》？终归已是天人两隔，说到底还是在父权社会中，宝玉也不敢违背长辈的意志。礼教吃人，这应该是个典型的例子。

当然，这其中还有王保善家的早就看不惯晴雯那个爆炭脾气，且让她在大观园小厨房上失了利益，由此便记恨在心。所以，趁着"绣春囊事件"查检大观园时，王保善家的赶紧向王夫人告黑状，说晴雯"妖妖趫趫，大不成个体统"。我们乍一听"不成体统"这四个字，可能觉得没什么要紧的，又不是什么"偷试云雨情"的内容，这状告得没啥实质内容。实则不然，放现在说一个人"不成体统"，可能是说他没个正形，行为非主流，登不了大雅之堂，等等，但这四个字放在满脑子纲常伦理的古人眼里，分量可就重多了，有"逾矩"之意。就连孔子形容人生最

89

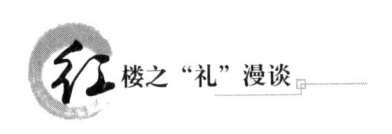

高境界时，还不忘加上个前提条件，即"七十从心所欲，而不逾矩"。更何况是在曹雪芹那个年代，清末儒家思想早已走向僵化，礼教对于有心者，那是可以拿来杀人诛心的。

尤其像晴雯这种人，资质好，没警惕性，说话又心直口快。她跟宝玉可以不讲礼数，对袭人、碧痕也可以口无遮拦，但遇到小人嘴脸的人还这样不讲情面的话，就太易招人妒恨了。封建礼教最喜碾压这种人的张扬性格，所以说晴雯的下场跟个性有很大关系。并不是说她性格一无是处，宝玉的一首《芙蓉女儿诔》，道尽了晴雯的各种好，反衬得她生不逢时。一个"礼教吃人"的时代，又怎能容得下一颗棱角分明又不谙世事的灵魂？宝玉、黛玉、晴雯的灵魂中，更多是没有被礼教"规训"的自由精神，他们不流于俗，但同时也不合时宜。唆使宝玉装病逃学的一定黛玉和晴雯，绝不会是宝钗和袭人。不过宝钗和袭人的"被规训"还是有很大不同。不像那三个"傻狍子"，他俩都有生存智慧，但一个主动，一个被动；一个洞若观火，一个谨小慎微。下文再详述。具体到晴雯身上，我只想用"滚烫的性格"来形容她。晴雯一生短暂，十六年间她没有心机，不懂妥协，还处处带刺，可以说完全不懂生存之道，但却活得率性洒脱，有自尊，懂自爱。甚至可以说她比有些主子（如唯唯诺诺的迎春和槁木死灰般的李纨）活得还无所顾忌，还任性高调。这样也好，人生苦短，不如潇洒走一回。

说到晴雯任性妄为，莫过于宝玉为了哄她开心，一起笑着、闹着，撕扇子的名场面。有人因此评价宝玉是个真正的纨绔子弟。我们不要忘了大观园中小主人公的年纪不过才十几岁，并非电视剧中那种成人感十足的演绎。这个年纪的生命，如果满脑子都是规矩和教条，恐怕早就失去了生命的鲜活。蒋勋也说《红楼梦》就是一部青春赞歌。每次读到"手撕扇子"，一下子就会让我想到，在那个少男少女的青葱岁月中，我们一起做过的那些荒唐事儿。虽然很荒唐，但每个人脸上都带着光。

此外，我还会想到古希腊神话。奥林匹斯山上住着的那些神，他们既没有上帝的全知全能，也没有儒家所讲的圣人光环，更没有道家推崇的神仙气质，所有男神、女神虽然神力强大，但全部都有性格缺陷。神主宙斯好色，天后赫拉善妒，智慧女神雅典娜争强好胜，美神阿芙罗狄忒（罗马名叫维纳斯）淫荡，不一而足。也许您该纳闷了，神不是都该具有完美神格吗？不完美的神，如何当人类学习的榜样？这个问题恩格斯回答了，他说古希腊文化是"人类文明的童年"。古希腊神话讲究"神人同形同性"（Anthropomorphism），有明显缺陷的神格或人性，不完美但却真实，而且生命力相当磅礴，每天都在生机勃勃地活着。

就是因为这份生命力，19世纪末当西方文明走向僵化出现危机之时，尼采和海德格尔等哲学家纷纷回到古希腊文化中汲取养分，汲取那份最为原始的生命力。如果从生命的角度再看"撕扇子"的名场面，就会看到那份唯有青春期才可能有的生命悸动，不着边际，却最为纯粹，这种状态在成年人的世界中，难道不是奢侈品？如果晴雯生在21世纪，再上网表演手撕扇子，说不定会吸粉无数。

再说晴雯的自尊自爱，先来看两例。说到晴雯自尊，第三十七回"秋爽斋偶结海棠社　蘅芜苑夜拟菊花题"讲到王夫人赏赐给秋纹几件旧衣裳，秋纹倍感荣幸，但晴雯见了却说："要是我，我就不要。一样这屋里的人，难道谁又比谁高贵些？"大家看这话说得，太具有平等思想了吧，只不过她应该是无意识的。试想，就是放在现在，有的人也会把家里旧衣物拿给农村亲戚朋友或保洁阿姨，但曹雪芹一个清末人竟赋予笔下人物如此平等意识，这应该就是古往今来人性中相通的高光时刻吧。出于人性的尊严，不受嗟来之食！由此看，待人之礼还真是有说道，施点小恩小惠的，你觉得是对他好，说不定对方还觉得是侮辱。要不怎

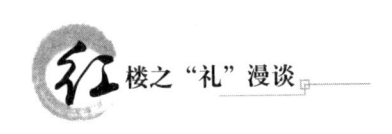

么讲"己所不欲勿施于人"呢？日本文化也有类似情况。要十分小心不要轻易因为点小事就主动帮助对方，他们讲究"恩"文化，你觉得是施以援手，但对方会觉得因为点小事就欠你一个大人情，日后还要"报恩"，所以往往不领情。① 这一点在跨文化交际中，有必要多留意。而就算在自己文化内部，人都有自尊心，对待自尊心很强的人，即使想施以援手，也要讲究点分寸。

此外，晴雯人性中的高光，还体现在那种异于时代的自爱。如果说她会勾引宝玉，不如说她更会在男女之事上与宝玉划清界限。就说第三十一回"撕扇子作千金一笑　因麒麟伏白首双星"宝玉打趣邀请晴雯"共浴"一事，晴雯却也不恼，同样打趣宝玉，摇手笑道："罢，罢，我不敢惹爷。还记得碧痕打发你洗澡，足有两三个时辰，也不知道作什么呢。我们也不好进去的。后来洗完了，进去瞧瞧，地下的水淹着床腿，连席子上都汪着水，也不知是怎么洗了，叫人笑了几天。我也没那工夫收拾，也不用同我洗去。今儿也凉快，那会子洗了，可以不用再洗。"一番玩笑话，一下子就与宝玉拉开了距离。更别说和他有任何苟且，这一点曹雪芹通过"多姑娘儿"之口也交代得很清楚。

晴雯被撵回哥嫂家那一回，宝玉前去探望，被多姑娘堵个正着。多姑娘是谁？用现在年轻人的语言形容，她就是贾府中有"天生奇趣"的"女海王"——"一经男人挨身，便觉遍身筋骨瘫软，使男子如卧棉上；更兼淫态浪言，压到娼妓，诸男子至此岂有惜命者哉""宁荣二府之人都得入手"。（第二十一回）曹公这段描述尺度很大，画面感极强。但就是这样一个轻浮无比的多姑娘，见到宝玉却检点起来。为何？因为她赞赏宝玉和晴雯之间

---

① 参见《菊与刀》。它是美国人类学家鲁思·本尼迪克特写的一本研究日本文化的人类学报告。至今仍是研究日本文化的经典之作，很多日本人的行为底层逻辑，在本书中都可以找到。

干净。她说:"我进来一会在窗下细听,屋内只你二人,若有偷鸡盗狗的事,岂有不谈及于此,谁知你两个竟还是各不相扰。可知天下委屈事也不少。"(第七十七回)

就是这样"高洁"的一个女孩,却反遭贾府众人诟病。她活得太过真实,对所爱之人口无遮拦,只因她早已把怡红院当作了自己的家,宝玉和其他姐妹不是亲人胜似亲人,所以不再讲尊卑避讳;但对于她不喜欢的人,留给他们的只有生气怒骂和牙尖嘴利。就像林语堂评价晴雯,说她"天真烂漫,可惜就是野嘴烂舌"。的确,这两点日后都成了晴雯的"罪"。与宝玉等人的亲密,在礼教卫道士眼中便成了"主不像主,仆不像仆"的逾矩之举;对王保善家发飙回怼,"立起两个骚眼睛来骂人",更成了像狐狸精一般的野性存在。

所以说,晴雯之死,与其说是王夫人一手促成,不如说是当时的社会容不下这样的女子,王夫人也只是清末官宦世家中众多封建主母之一。正如王国维在《红楼梦评论》里说:《红楼梦》之所以是伟大的悲剧,并非是因为它是几个蛇蝎之人造成的悲剧,而是结构的产物,是共犯结构。① 而只要这个结构一日尚存,就还会有千万个晴雯被"结构性的恶"所吞噬。

二、袭人的"本分"

与晴雯形成鲜明对照的袭人,虽同为宝玉丫鬟,但行事风格却大不相同。待王保善家的来查怡红院时,袭人主动拿出箱子让人搜查,但看晴雯却是绾着头发冲过来,咣当一声将箱子掀开,两手捉着底朝天,往地下尽情一倒,将所有之物尽都倒出。二人

---

① 王国维. 红楼梦评论 [M]. 上海:上海古籍出版社,2005.

行为之所以反差这么大，很多人都认为是袭人没有反抗精神，典型的逆来顺受，而晴雯则是勇于反抗暴政的"革命者"。我倒觉得革命者一定是有意识的行为，晴雯在此表现的更多是，性情中人的性情之举。她本是个无所顾忌的泼辣性子，刚又在王夫人那受了一通咒骂，身上还带着病，再遇到王保善家的这种可恶之人行可恶之事，种种原因叠加，致使晴雯爆发。这样一笔，也让她的性格更为真实饱满，也从侧面烘托出了袭人的性情。

袭人虽是怡红院里的首席大丫头，以前还侍奉过贾母，但其实在丫头堆儿里并不算出色。

宝玉的高奢孔雀裘被烧坏，是晴雯拖着病体连夜用特殊针法"手工界线"织补好的，可见袭人没有晴雯手巧。再说见识，可能都不及日后一路逆袭飞上高枝的怡红院扫地小丫头小红，小红尚且能看到"千里搭长棚，没有个不散的筵席"，袭人却只当个"没嘴的葫芦"，而且甚是有些"痴气"——跟着贾母时心里只有贾，被给了宝玉，就心心念念眼中只有一个宝玉了。再论长相，只是个一般人儿，书中描写她"细挑身材，容长脸面"，再无过多细节，说明并无出众之处。总之，袭人就是这样一个长相一般、资质平平的人物。但为何在王夫人眼中，只有她才"行事大方，心地老实"？又为何偏偏是她成为和宝玉"偷试云雨情"的第一人？这两种截然不同的形象，居然集于她一身。分析袭人的人性，可以看到有别于宝玉、黛玉、晴雯的另一种生命哲学：目标感、务实和隐忍。

和晴雯撕扇中所表现出来的骄傲、任性与欢闹截然不同的是袭人的"识大体、守本分"。袭人虽然样貌和才华平平，但在王夫人和薛姨妈认知中，如果得袭人一生服侍却是宝玉的造化。由此也可以看到贾家长辈的择偶标准，但却不符合宝玉的择偶标准，因为袭人完全理解不了宝玉的生命哲学。在整部红楼梦中，唯宝玉拥有一颗赤子之心，内心无碍，对整个世界温柔以待。白天刚跟晴雯拌了嘴,晚上倒也忘了,又跟什么都没发生一样嬉闹。妙玉假清高,厌弃刘姥姥用过的茶盏,但宝玉却讨了去,想着能给刘姥姥换点银子贴补家用。所以宝玉人性中的高光,莫过于他对人情世事的通达,没有半点差别心。

但袭人不一样,她对生命的理解是要看结果的,她的目标就是嫁给宝玉当姨娘。为了这个目标,她可以从平素那个"没嘴的葫芦"摇身一变,变得口若悬河,滴水不漏地跟王夫人打小报告。尤其是她关于怡红院现状的一番分析,更是说到王夫人的心坎里去了。她说:

> 如今二爷也大了,里头姑娘们也大了,况且林姑娘宝姑娘又是两姨姑表姊妹,虽说是姊妹们,到底是男女之分,日夜一处起坐不方便,由不得叫人悬心,便是外人看着也不像。一家子的事,俗话说"没事常思有事",世上多少无头脑的事,多半因为无心中做出,有心人看见,当做有心事,反说坏了。只是预先不防着,断然不好。二爷素日性格,太太是知道的。他又偏好在我们队里闹,倘或不防,前后错了一点半点,不论真假,人多口杂,那起小人的嘴有什么避讳,心顺了,说的比菩萨还好,心不顺,就贬的连畜牲不如。二爷将来倘或有人说好,不过大家直过没事;若要叫人说出一个不好字来,我们不用说,粉身碎骨,罪有万重,都是平常小事,但后来二爷一生的声名品行岂不完了,二则太太也难见老爷。俗语又说"君子防不然",不如这会子防避的为是。(第三十四回)

一语惊醒梦中人,王夫人听了这话,有如雷轰电掣的一般,心内越发感爱袭人不尽,忙笑道:

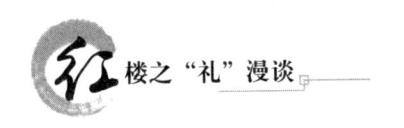

我的儿，你竟有这个心胸，想的这样周全！我何曾又不想到这里，只是这几次有事就忘了。你今儿这一番话提醒了我。难为你成全我娘儿两个声名体面，真真我竟不知道你这样好。罢了，你且去罢，我自有道理。只是还有一句话：你今既说了这样的话，我就把他交给你了，好歹留心，保全了他，就是保全了我。我自然不辜负你。（第三十四回）

如此这般，二人算是结成了同盟，专门看管、劝诫宝玉走上"经济仕途"的同盟。

说到劝诫宝玉"走正道"奔前程，袭人除了"良宵花解语""娇嗔箴宝玉"之外，甚至还不惜用到骗术。自从她和宝玉"偷试云雨情"之后，宝玉待袭人自是不同，舍不得她离开贾府也是自然。而袭人竟利用这一点，骗宝玉说她家人要赎她出贾府，宝玉听后肯定郁闷，她便借机劝宝玉依她三件事，就是刀架在脖子上，她也不出去了。不得不说，资质平平的袭人却懂得如何拿捏住宝玉的七寸，把她吃得死死的。她在意的终究还是宝玉的大好前程，在意那些俗世荣耀，第三十六回"绣鸳鸯梦兆绛芸轩　识分定情悟梨香院"有证，她居然担心宝玉"难道作了强盗贼，我也跟着罢"。就这点而言，袭人和王夫人显然是一个阵营的，价值观趋同让她们成为天然盟友。

再看袭人对宝黛爱情的态度。不说她能像晴雯一样为宝黛之间传递信物，她不从中作梗就很不错了。可惜她认为宝黛爱情是"不才之事"，是"丑祸"。第三十二回"诉肺腑心迷活宝玉　含耻辱情烈死金钏"，贾宝玉终于大胆向林黛玉表白了，但却出了个乌龙，宝玉不知黛玉已经走了，错把追上来送扇子的袭人当成了黛玉，诉说了一通情感炙热的衷肠，当场吓得袭人直喊"神天菩萨，坑死我了！这是那里的话！敢是中了邪？还不快去？"袭人之所以会认为宝黛爱情是"丑祸"和"不才之事"，也是因为当时男女自由恋爱是不合规矩的，对于袭人这样一个不能超越时代的女子而言，之后她向王夫人的"告密"并建议让宝玉搬出大观园，自是必然。

其实，放眼望去，我们身边又何尝没有几个"本分"的袭人？人是时代的产物，每个时代都有每个时代的规矩。正如袭人不能超越清末等级森严、爱情保守的世俗观念一样，我们也很容易迷失在自己所处时代的规矩中。比如，当代知识分子都要为评职称所累啊，商品社会衡量成功与否的标准就是看你有没有钱啊，还有大龄青年都要被逼婚啊，有谁能洒脱的不为身外之物而活，纯粹任由自身的内驱力去生存？就像《红楼梦》中的宝玉、黛玉，还有东晋的竹林七贤，每个时代肯定都有这样的风流人物，但一定是少数。而且，这些小众群体也会为自己追求的小众价值观付出多多少少的代价，正如宝黛爱情一定不会被世俗接受，晴雯一定会被逼死，最终能稳妥上位的多数还是符合时代规则的人。但从更高层面生命的意义看，反而是那些小众人物所诠释出生命哲学，更加流光溢彩。

三、鸳鸯的"抗无可抗"

面对结构性的悲剧命运，红楼女儿中还有一个代表，她不像晴雯那般不懂生存之道，但显然也和袭人的生存智慧大有不同。袭人的目标是当宝玉的姨娘，而她却极力抗争这种命运。不过，当"抗无可抗"的时候，她就只能选择一条不归路了。

贾母身边有一个首席大丫鬟叫鸳鸯，很是被贾母看中。但贾母的大儿子，那个老色胚贾赦也看上了她，想纳她为妾。贾赦正

妻邢夫人为了讨丈夫欢心，还主动前来说合。但鸳鸯很不买账，不仅把邢夫人的手甩开，甚至还痛骂自己的哥嫂，因为他们也被邢夫人找来一起说合鸳鸯。当鸳鸯嫂子刚说到这"可是天大的喜事"，鸳鸯先是照她嫂子脸上使劲啐了一口，便开始大骂：

怪道成日家羡慕人家女儿做了小老婆了，一家子都仗着他横行霸道的，一家子都成了小老婆了！看的眼热了，也把我送在火坑里去。我若得脸呢，你们在外头横行霸道，自己就封自己是舅爷了。我若不得脸败了时，你们把忘八脖子一缩，生死由我。（第四十六回）

其实，作为"家生奴"的鸳鸯，从生下来就是贾家的下人，如果这样的人被男主子看中，一般都巴不得做妾，成为"半个主子"，不仅可以彻底摆脱奴才身份，还能一辈子享受荣华富贵。就连袭人都把当宝玉的姨娘，作为人生唯一奋斗目标。可为何偏偏鸳鸯宁死不嫁？这就要说到鸳鸯的自尊，为了捍卫自尊，她对自己够狠。但这个狠人，对同伴表现得却温情又大气。

鸳鸯自尊，在于她敢与西府的大老爷贾赦做斗争。非但一口回绝了贾赦的求娶，一点情面都不留，而且还把这事捅给了贾母，并当着贾母等众人面以"削发誓死"来抗婚。贾母见此情景，勃然大怒，训斥贾赦要图谋她"身边唯一能用的人儿"，要架空她，简直大逆不道。单看鸳鸯声泪俱下的陈词，赌咒发誓的狠绝，居然会说如果她说的不是真心话，就会："日头月亮照着嗓子，从嗓子里头长疔烂了出来，烂化成酱在这里！"（第四十六回）一个十几岁的小丫头，竟有如此心性与决绝，可真不是一般人。而这就能说鸳鸯是个狠心人吗？其实，她对其他苦命人，还有着不一样的温情。这就要说到鸳鸯对司棋的训斥与怜爱了。

《红楼梦》第七十一回至第七十二回，说到鸳鸯在园子里不小心碰到迎春的丫鬟司棋跟她表弟私会，不仅没有检举揭发他们，反而想到这事非同一般，如果捅出去二人一定没有好下场，很可能会出点人命官司，于是好意教训了司棋几句，便再绝口不提此事。但事后谁知司棋的表弟因为惧祸逃跑了，害得司棋也病倒了，鸳鸯立刻想到去找司棋宽她的心，赌誓说绝对不会向外透露半点消息，还劝慰司棋"不要为此妨碍了性命"。其实，鸳鸯绝对可以事不关己高高挂起。她能当面训斥司棋，说明她对同伴"真"；事后绝口不提此事，说明她"仗义"；司棋出事了，她又想到去宽她心，给她吃颗定心丸，说明她"善"。回望我们的生活，能如此对待自己的人，要么是亲人，要么是知己。

可是，就是这样一个灵魂有香气的人，却难逃结构性的悲剧命运。续书中写到贾母死后她便上吊了，这个结局是符合逻辑的。失去了贾母的保护，贾赦一定会变本加厉地和鸳鸯算账，从她之前自尊又决绝的性子看，她应该会不忍被侮辱而自我了结。但有个不合理的地方，就是续作中她在上吊自尽前说的那一番话，太过于自怨自艾了，实在不像拥有独立人格的人能说出的话。

其实，小说人物虽为虚构，但人物设定却有一定底层逻辑，言谈举止都会有个因果，不会毫无根据地说话与办事。但低劣作家笔下的人物，行为逻辑方面，就会欠些火候，比如《红楼梦》的续写中，的确有很多匪夷所思之处，不仅鸳鸯在面对命运不公时会自怜自艾，黛玉甚至会劝宝玉走"经济仕途"，贾母那样一个深明大义、宅心仁厚的贵妇人居然会直接参与拆散宝黛的计谋。的确，若要品味更多人性的幽微，无疑前八十回的研究意义更大。

四、宝钗的"空无可空"

年轻时，我的确不喜欢宝钗，因为那时只能看到宝钗的"现

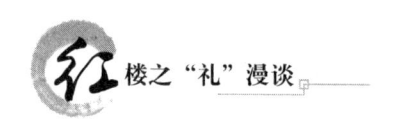

实"。留在脑中的印象,就是她又劝宝玉读书了,做人又如何滴水不漏了,表情管理也永远完美。但人到中年再看宝钗,脑海中能浮出的画面就又多了一些,包括她那雪洞般的房间、半新不旧的衣服,还有她对母亲的陪伴、对香菱的保护、对湘云的帮助、对黛玉的坦诚,以及她管家时的智慧外露和主动搬离大观园时的人间清醒。就发现她的"现实"绝对和袭人的不同,袭人能看见的天只有贾府,能看到的未来就是做宝玉的姨娘,但宝钗似乎能洞明一切,只是不说破,偶尔才露真容。所以,就越发看不透她了。

应该不光是我看不透,很多评论家对她的评价也莫衷一是。说宝钗种种好的不在少数,比如认为她温柔大气,善解人意,永远不会像林妹妹那样使小性子,而且还捍卫传统,能够自发自觉地以礼教自我约束,对待利益都知"用学问提着"(第五十六回"敏探春兴利除宿弊,时宝钗小惠全大体"),这样才不会流于俗,这简直就是完美的人格,大家闺秀的典范,问这世间能有哪个男儿能不爱?但同时也有很多人不喜欢她,说她伪善、无情、乡愿人格,表面看奉圣人之道,但实则是典型的利己主义者、终日劝谏宝玉走"仕途经济"的国贼禄鬼。怎么感觉两派观点都有些道理?咱们首先感谢曹雪芹吧,把人物刻画得那么立体,把人性的复杂诠释得那么到位。如果像一只耳和黑猫警长,非黑即白的,就好分辨多了。文学人物的人性刻画得越复杂,留给读者的自我阐释空间就越大。

如何看透宝钗的生命底色?之后我又经历了两个阶段。先是看到了她的"真",后又看到了她的"空"。而且,这个"空"和遁入空门的宝玉也不同,宝钗是"空无可空"。顾城对宝钗的评价,也讲到她"空"到了无情可移,她永远不会出家,死,或成为神秘主义者,那都是自怜自艾的人的道路。她会生活下去,成为生活本身。所以说,宝钗的生命哲学中,"现实"只是表象。好多人都说她太世故,是因为没看透她的灵魂底色,她"空无可空"，因此对一切都可以"去我执"；没有执念，人就更容易做到超越"小我"，包容他人，从而对他人就会越发真诚。

人性大三角中的三极——感性、理性、超越性，中国文化更看中现世哲学，就算去菩萨面前拜，拜的也是升官发财，超越性着实不发达。这样的生命状态里，需要一套纲常伦理来规范人们的行为。所以，儒家推崇的，不论是刚性的伦理制度，还是柔性的礼乐文化，历经千年，深入人心。但任何理念都有走向僵化的那一天，所以需要不断微调，需要改革，甚至是革命，儒家思想也不例外。僵化后的儒家思想的确能吃人，宝钗的亲哥哥薛蟠打死人都不用偿命，就是最典型的例子，这些宝钗都是看在眼里的。再加之，"丰年好大雪"的薛家是皇商，宝钗的成长环境，也让她有机会洞察人心。早慧之人，心性自然异于常人。

笼统地说，与林黛玉的尖酸外露和史湘云一片澄明的性子大不同的，就是宝钗性情的内敛。她从来不会喜形于色，而且还忽俗忽雅，忽巧忽拙，总给人一种忽明忽暗的晦涩感觉，好像一潭无波的湖水，让人一眼望不到底。正因此，有人评价她温婉，有人评价她有心机，性子让人摸不透。其实，宝钗不同生命剖面中都蕴含着"真"，只不过她拥有一双看"空"一切的透视眼，深知纯粹的灵魂在这世道活不过三秒，所以便不由自主地给自己的"真性情"之外，包裹了一层又一层厚厚的"中国式复杂"。与其说她性格立体，不如说她灵魂之外的包裹物，千丝万缕，错综复杂。所以，如果把宝钗仅仅看成一个破坏宝黛爱情的第三者和封建礼教的卫道者，那就过于简单化了，把她的人性压扁了。袭人能被归为此类，但宝钗作为小姐、主子，即使同样身处思想禁锢的封建社会，其所受之礼、所感于世的智商与情商，比平平之辈应该都会多生出几分批判精神与自我意识。从第四十二回宝钗"兰言解疑癖"看，演绎的哪里是三角恋爱中的狗血剧情，反而是姐姐担心妹妹的一番赤子之情。

事情的原委是这样的：贾母设宴疼爱一众姐妹，席间大家吃喝笑闹，聊到开心处，又开始行酒令。黛玉在行酒令时用到了《牡丹亭》和《西厢记》里的文句，而这两本书在当时封建礼法等级森严的社会属于禁书，宝钗发觉后便私下劝谏黛玉要注意，免得被"恶心之人"抓住了话柄。如果宝钗没看过这两本书，又怎知黛玉行酒令的出处？而宝钗当面跟黛玉说，就等于跟黛玉露底，让她也知晓了自己的"短处"。如果说宝钗是个有心之人，处处想压过黛玉一头，此处正是一个好时机——为博得王夫人欢心，她满可以以此为把柄，要么像袭人那样背地里向王夫人告黑状，要么也可以凭此拿捏拿捏黛玉，怎耐得她与黛玉却直说了。黛玉又何尝不知这其中厉害，这次之后，更是完全打消了对宝钗的猜疑，二人关系真真才变得形如亲姐妹。

从这样一处闺中细节，可以品出宝钗绝非那等无情无义之毒妇，的确有着红楼女儿们清澈的灵魂。考虑到宝钗的出身，是那个"丰年好大雪，珍珠如土金如铁"的薛家，哥哥薛蟠是个无恶不作的纨绔子弟，自己又从小被当作要入宫陪侍公主、郡主读书的秀女①培养，之所以能入贾家荣国府东北角的梨香院居住，一是因为薛蟠的官司需入京处理，二是因为着手选秀之事。如是寄住贾家，即使是姨表亲戚，也不如在自家，需处处谨慎。但《红楼梦》书中处处流露出的是宝钗的知书达理、机灵风趣和成熟稳重，不仅把老太太哄得开心，更是得到了宝玉之生母王夫人的明确肯定，却没见她如黛玉刚到贾府时的处处留意与谨慎。似乎从小经历不同，也成就了其不同性情。

宝钗除了对黛玉流露出"真关心"之外，在贾府的为人处世

---

① 宝玉的亲姐姐元春就是先被选进宫当了女史，之后"才选凤藻宫"，成为皇帝的嫔妃，为家族获得荣耀。薛家为朝廷皇商，经常接触皇家之事，小宝钗的人生可能早早就被长辈规划好了。

可谓是"真周到"。一场文青盛会"螃蟹宴",把她这点体现得淋漓尽致。螃蟹宴应该算是大观园最著名的盛宴了,但如果按当初发起者史湘云的主意和能耐办,估计只能办成一场姐姐妹妹间小众的诗社活动。不过,湘云发起这个念头后,经过宝钗善意的提点和周到的安排,瞬间令一场小众诗社活动变为大观园内祖孙几辈大聚会的名场面。这其中,不得不感叹于宝钗的七窍玲珑心,在诗社的基础上,又联想到贾母爱吃螃蟹,自己的哥哥又有好酒好螃蟹,且王夫人还想请人吃螃蟹,再加上体恤到史湘云没钱没靠山的尴尬,几经引导,几方搭建,不动声色间,就以湘云的名义,安排出集娱乐、雅趣、亲情和社交于一体的盛宴。就叹王熙凤也没有这等本事吧,不露锋芒便成事了。所以,同样是能干,凤姐的泼辣和探春的干练,在宝钗踏雪无痕般的长袖善舞面前,都显得略逊一筹。算一算,她也只是个刚过了十五岁生辰的半大孩子,而在这个年纪却能"世事洞明、人情练达",在贵胄世家复杂的人际关系里,游刃有余,就连成年人都自叹不如吧。

如此看来,宝钗有没有"真"?有些人是藏巧于拙,而宝钗的"真"则是隐于人性的复杂,外化于宝钗式的含蓄与深沉。这应该也是曹雪芹的笔力所在,写宝钗的容貌写得真真切切,"唇不点而红,眉不画而翠,脸若银盆,眼如水杏"(第八回),不给人半点想象空间,从来不像描写林黛玉样貌时常用仙气飘飘,不见其真容,却可遐想连篇。对于宝钗,容貌如此实写,所行之事却总是虚写,说半句留半句,给读者无限大的诠释空间。为何?我认为因为宝钗的复杂人性其实也透露出一种中国人独有的美感,或者说是一种中国式美学——"罕言寡语,人谓藏愚;安分随时,自云守拙"。(第八回)

第九章　红楼大观：宝玉抗"礼"三部曲

儒家思想是我国传统文化的主流价值观体系，曹雪芹创作的红楼世界中自然也少不了代表儒家思想的人物，宝玉之父贾政就是一个典型代表。贾政，谐音"假正经"，单从名字就能看出作者的那份心思。在曹雪芹眼中，恐怕只有大观园里的"自由王国"和灵魂清澈的人才是他认可的。但是，他对贾政的批判，并不意味着对儒家思想的彻底否定。更确切地说，他反对的是走向僵化的儒家价值观体系，包括误人的科举体制、入仕的"禄蠹"以及吃人的礼教等。在如此世道中，宝玉又该如何自处？他没有与原生家庭割袍断义之勇，更没有改变社会的革命品质。那还能怎么办？也许他早就在自己的精神世界中，不自觉地给自己留下了三条出路——厌弃、逃避与皈依。下面就让我们一起走进宝玉的人生三部曲吧。

一、曲一：宝玉式傲慢

《红楼梦》中出现的"经济人物"可谓俯拾皆是，而忘恩负义的贾雨村最是个典型。宝玉对他天生反感，二人从骨子里就不一样。第三十二回写贾雨村拜访贾政，当宝玉得知贾雨村要见自己时，第一反应就是"心中好不自在"，之后就开始不停抱怨——"有老爷和他坐着就罢了，回回定要见我""我也不敢称雅,俗中又俗的一个俗人,并不愿同这些人往来"。寥寥数语,宝玉的嫌恶之情便跃然纸上。

宝玉把贾雨村之流称为"禄蠹",虽然在袭人眼中这些人都是"读书上进的人"。"禄蠹"太形象了,官僚体制的蛀虫,只有看透了"八股取士"的僵化、教条以及官场上的腐败堕落,才能说出这样的词儿。就像我去安徽西递村,考察留存至今的清代古宅,里面书房的门,一面是岁寒图,另一面却是元宝图,这个寓意太明显了——读书不再为忧国忧民,当官也不再是为民做主,为的是一个个金元宝。"葫芦僧乱判葫芦案"里贾雨村助纣为虐,使得恶霸薛蟠可以打死人不偿命,他为的就是攀附贾、王、史、薛四大家族的势力,绝不在乎世道是否清明公正,也不在乎家国是否繁荣昌盛。所以说,袭人眼中的"读书上进",早就沦为了彻头彻尾的沽名钓誉。而宝玉是既通医理,又是对联高手,他不是不读书,只是抗拒为科举而读书,最讨厌功名利禄那些事儿。我们姑且称之为"宝玉式傲慢"吧。

但如果让宝玉穿越回先秦,他那份傲慢自然就烟消云散了。因为先秦的儒家思想,核心理念是"三纲八目",儒生都以格物、致知、诚心、正义、修身、齐家、治国、平天下为人生最高理想。在历史长河中,这样纯粹的儒家思想以及后来科举制诞生之初,也都是具有时代进步性和科学性的——它们打破了门阀世家垄断统治阶级的局面,打通了人才向上流动的通道,培养和选拔了一批具备较高文化素养的知识分子官员。但在数千年的沿袭与改造中,曾为中国古代无数优秀知识分子树立人生理想,指引人生方向的儒学早已面目全非,倡导"仁爱"与"修齐治平"的先秦儒家学派早已湮灭在历史尘埃之中,只剩下宝玉式人物在宦海人情中苦苦挣扎。

然而,"宝玉式傲慢"也并非针对所有官僚体制内的人。比如在第十五回"贾宝玉路谒北静王"时,"忙抢上来参见",一个

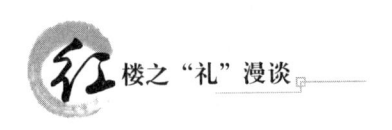

"忙"字，显示出宝玉对北静王的态度，那是相当的恭敬。而且，书中还提到北静王问宝玉"衔的那宝贝在哪里"，宝玉便"连忙从衣内取了递与过去"，哪里还见半分叛逆。这又是为何？难道是因为宝玉自视甚高，虽看不上比自己地位低的贾雨村，但北静王的地位够高入得了他的法眼？也许我们从北静王和宝玉一番言谈后，给出宝玉的评价中可略见端倪。北静王评宝玉"语言清楚，谈吐有致"。而脂砚斋对这八个字的点评则是：如此等方是玉兄正文写照。由此可见，二人所认可的价值观，绝对是一个人的内在品格和精神气貌，而不是外在虚名与利益。北静王独具儒家人格魅力——温文尔雅、礼贤下士，深得宝玉之心。

曹雪芹安排这个片段，用的应该还是人物皴染的手法，只是从北静王这个侧面，大致勾勒出宝玉心中儒家典范的轮廓。而到了第三十六回，写到宝玉和袭人关于死亡话题的争论，曹雪芹才是借宝玉之口，正面道出了他的儒家价值观，其思想之深刻，堪称"清代鲁迅"。原文如下：

> 宝玉道："人谁不死，只要死的好。那些个须眉浊物，只知道文死谏，武死战，这二死是大丈夫死名死节。竟何如不死的好！必定有昏君他方谏，他只顾邀名，猛拚一死，将来弃君于何地！必定有刀兵他方战，猛拚一死，他只顾图汗马之名，将来弃国于何地！所以这皆非正死。"袭人道："忠臣良将，出于不得已他才死。"宝玉道："那武将不过仗血气之勇，疏谋少略，他自己无能，送了性命，这难道也是不得已！那文官更不比武官了，他念两句书汙在心里，若朝廷少有疵瑕，他就胡谈乱劝，只顾他邀忠烈之名，浊气一涌，即时拚死，这难道也是不得已！还要知道，那朝廷是受命于天。他不圣不仁，那天地断不把这万几重任与他了。可

知那些死的都是沽名，并不知大义。"（第三十六回）

脂砚斋对这段的评价是：此一段议论文武之死，真真确确的非凡常可能道者。宝玉的这番话，乍一听的确有点离经叛道，但看看先秦儒家思想著作再细细品，就知道宝玉才是那个得了儒家思想之"三昧"的人——他并非诟病那些为国家社稷而欣然赴死的仁人志士，只是透过现象看到了本质，批判那些动辄"死谏"的沽名钓誉之徒。而这个理念恰恰来自先秦思想，《管子·大匡》中记载了一个类似故事——管仲死活不肯为其主公子纠殉葬的事儿。

我们都知道，管仲是春秋时期一代霸主齐桓公的贤相。但他一开始并不是齐桓公（公子小白）的人，而是公子纠的辅臣。后来齐襄公死了，公子纠与公子小白争位失败而被杀，而管仲却不肯为公子纠殉葬，理由是除非是"社稷破，宗庙灭，祭祀绝"这三种情况下，我才会赴死，现在就是个领导换届，我干啥要死？此时我死了，最终损失的是整个国家。的确，后来管仲用他的才华和智慧辅佐公子小白，终使其成为"九合诸侯，一匡天下"的第一代春秋霸主——齐桓公。

对此，就连孔子的学生都批评管仲是个贪生怕死之徒。但孔子却给他平了反，说齐桓公"九合诸侯，不以兵车"，那可都是管仲的功劳。最后给了他个定调："如其仁！如其仁！"这个评价可谓是儒家的最高评价了，因为在孔子眼中"仁"是君子的最高境界。整部《论语》，"仁"一共出现 109 次，内涵极为丰富。[①]可见，孔子深知管仲这一价值取舍背后的深明大义，如果站在国

[①] 钱亚旭，纪墨芳.《论语》英译之差异的定量研究——以威利英译本和安乐哲、罗思文英译本中的"仁"为例 [J]. 山西大学学报（哲学社会科学版），2013，36（2）：5.

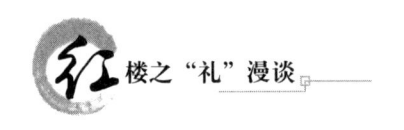

家利益这个高度看，管仲不为争名夺利而"愚死"，而是冒着背负骂名的风险，辅佐公子小白成为一代明君，国家安定，人民安康，实为一种忍辱负重之"仁德"。

而宝玉一番"武死文谏"的论述，着实是看透了这一点。宝玉向来被视为离经叛道、终日混在女儿堆中的逆子，其实他才是那个周身散发出"仁爱"之光、最符合先秦儒家思想的人。人人都说宝玉"痴"，就连小丫鬟为他奉茶时手抖了一下，他关心的都是对方是否被烫伤，而不顾及自己。但也就是这一点，又为他招致了多少非议？"禄蠹"实在不想当，那接下来又该如何抉择？

二、曲二：选择？还是逃避？

在贾府内外的世人看来，终日与姐妹们在内帏厮混的宝玉，是个不折不扣的纨绔子弟。但其实，宝玉对众姐妹的欣赏，并无半分亵渎之意，情感至深。而且，并非所有女子都能得到他的认可，必须是冰清玉洁、思想独特、灵魂干净的青春少女，才能入得他心中的大观园。大观园内的生活是唯美的——冬赏梅花，夏吟荷——与大观园外那帮纨绔子弟的寻欢作乐是完全不同的。

曹雪芹在第五回中借警幻仙子之口向读者道："世之好淫者，不过悦容貌、喜歌舞，调笑无厌，云雨无时，恨不能尽天下之美女供我片时之趣兴，此皆皮肤淫滥之蠢物耳。如尔则天分中生成一段痴情……"这里说到宝玉的"痴情"，亦曰"意淫"（警幻语），就足道出他对闺中姊妹之情并无丝毫"淫意"。与此相呼应的，还有第七十八回贾母对宝玉的评价："也从未见过这样的孩子。别的淘气都是应该的，只他这种和丫头们好却是难懂。我为此也耽心，每每的冷眼查看他。只和丫头们闹，必是人大心大，知道男女的事了，所以爱亲近他们。既细细查试，究竟不是为此，岂不奇怪。想必原是个丫头错投了胎不成。"这句话看似玩笑，但是从阅人无数的贾母口中托出，也说明宝玉与姑娘们玩闹，与"欲望"没半分关系，更像姐妹之间的感情。

我看有些评论还说宝玉有反抗精神，属于社会进步人士。其实，我们从很多情节都能看到，宝玉是没什么革命精神的，有的话就不会酿成晴雯惨死的悲剧了。他不敢违抗母命，说到底还是跳不出封建礼法、父权社会那一套。人能走到革命那一步，自觉意识一定是非常明确的。这么再看宝玉的反抗，它应该不是一种有意识的主动选择，更像是下意识的逃避。除了对"仕途经济"表现出"宝玉式的傲慢"，宝玉专爱和姐妹们"厮混"在一处，也算是他另一种"消极怠工"的方法了，毕竟是个不谙世事的公子哥，阶级和时代局限性都限制了他的眼界，限制住他在末世前夜找到一条更好的出路。如此尴尬处境下，他只能退而求其次。与其随波逐流，沉沦宦海，还不如躲在大观园里清净。

不过，有人的地方就有江湖，大观园里的清净，有时候也不遂人意。第二十二回"听曲文宝玉悟禅机　制灯迷贾政悲谶语"有个有意思的情节，大家可以看到宝玉受了夹板气之后，又做哪一番仕途言论。

且说宝玉深知黛玉的性子，本是出于好意提醒湘云，不要在黛玉面前乱说话以免惹恼了她，但没承想却被湘云这个"直肠子"转身就卖了，最终落得个同时得罪湘黛二人的下场，所以大感无趣，自忖道："目下不过这两个人，尚未应酬妥协。将来犹欲为何。"也就是宝玉，心细如发，能想到将来，说出这种话。这里脂砚斋也评道：看他只这一笔，写得宝玉又如何用心于世道。言闺中红粉尚不能周全，何碌碌僕僕欲治世待人接物哉？视闺中自然如儿戏，视世道如虎狼矣，谁云不然？

这个情节安排得非常巧妙。闺中姐妹闹点小性儿，是人之常情，但曹雪芹深谙人性，可以由此出发，让宝玉联想到"世道如

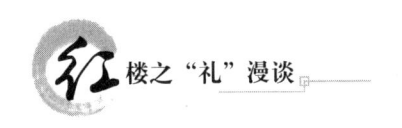

虎狼",自然就得出结论：如此世道,大观园还算是个相对干净的地方,只有这里才能给人一些安全感。但如何守住这片最后的净土呢？须眉男子那等"污泥浊物"是万万不能进来的,灵魂被世态炎凉浸染过深的"死鱼眼睛"们也不得入内。所以必须拥有"精神洁癖",才能守住心中这片世外桃源——大观园。

而宝玉的这种人生观,也是曹雪芹用生命凝结出来的。曹雪芹一生命运多舛,见证过封建大家庭的辉煌,感受过"诗礼簪缨之族""温柔富贵之乡""钟鸣鼎食之家",待到一日梦醒,竟过着"举家食粥酒难赊"的日子。乾隆二十七年壬午（1762年）,曹雪芹四十八岁,因幼子夭亡,过度悲伤,便卧床不起,加之又无钱看病,同年除夕病逝于北京郊区。[①] 如此大起大落的一生,待到生命终结时,回望一生,能在灵魂深处留下美好痕迹的,也就是那些个年幼时的美好回忆了吧。凝于笔下,成就了宝玉的传奇一生。

可以说,宝玉是"仁爱"的化身,体现着儒家思想的最高境界,因此在当时的世道下曲高和寡,不被理解。能真正懂"仁"且知行合一的人,现实中少之又少。正是这份"精神洁癖",让宝玉不自觉地守住了他自己"心里的干净"。如果入仕无法实现"修、齐、治、平"的人生理念,那他宁愿寄情于未被人间污浊侵染的闺阁中,即便世界狭小,但也是一方净土。正如脂砚斋批语"求仁得仁又何怨",寥寥数语道尽宝玉始终不与"仕途经济"相妥协的精神之乐,世界是个"大染缸",但是他却活出了"世人昏昏我独醒"的状态,也是值得庆幸的事,又何怨之有？就算会被误解,遭遇冷眼,甚至鞭笞,宝玉却还能隐匿在大观园中,与一众清澈的灵魂相谈甚欢,又岂不乐哉？所以,贾宝玉在大观园里缠绵闺阁,表面上看是"叛逆不肖"的纨绔子弟,实则正是他所秉持的儒家最高信仰,无路可寻之际的"无奈之举"。说是

---

① 周汝昌. 曹雪芹的故事［M］. 北京：北京出版社,2017.

选择,不如说是逃避。

三、曲三:"迷津"困境

说到宝玉的叛逆,除了说他专爱"春风秋月、粉淡脂莹"等女孩之事,在别人眼中他还有一个怪癖,用袭人劝谏他的话说,那就是你"再不可毁僧谤道,调脂弄粉"了。从"毁僧谤道"这四个字看,宝玉绝非天然亲近宗教。那问题就来了,这个人人眼中的情种情痴,最终又为何会遁入空门成为一个六根清净之人?由一个心怀天下的"真儒"变成一个看破红尘的弃世之人?这应该就是《红楼梦》这部奇书中的最大逆转之所在了——讲述了"因空见色,由色生情,传情入色,自色悟空"这样一个生命大轮回。

有些人认为贾宝玉之所以出家,是因为他叛逆得还不够彻底。而上面我们聊过,宝玉并非真叛逆,只是他的"真儒"理想在现实中四处碰壁,他便躲在大观园里一味逃避而已。而在续书中,明确给宝玉安排了一个出家的结局。这是否符合人物的行为逻辑?总感觉中间缺失了一些关键的逻辑环节。难道宝玉后来真到了像甄士隐一样万念俱灰的地步了?甄士隐跟随"一僧一道"飘然而去之前,那是遭遇了一系列人生大变故的——惨遭火灾,家财散尽,女儿失踪,寄人篱下,就连岳父对他都一脸嫌弃。换作是谁,都免不了心如死灰。但宝玉的境遇呢?很遗憾,曹雪芹前八十回里所交代的信息,尚无法形成逻辑闭环。而后四十回续写犹如狗尾续貂,续写者显然不具备曹雪芹那种精神底蕴,所以续写的人物结局只能算是"仅供参考"。我们要想知道宝玉真正的结局,唯有细读第五回"开生面梦演红楼梦 立新场情传幻境情"中贾宝玉神游太虚幻境里那些预判式的描写,可能还能管中窥豹,略知一二。

红楼之"礼"漫谈

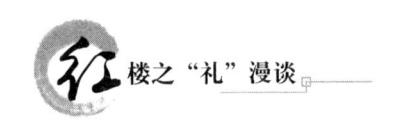

  一日警幻携宝玉闲游,至一个所在,但见荆榛满地,狼虎同群。忽而大河阻路,黑水荡漾,又无桥梁可通。宝玉正自彷徨,只听警幻道:"宝玉休前进,作速回头要紧!"宝玉忙止步问道:"此系何处?"警幻道:"此即迷津也。深有万丈,遥亘千里,中无舟楫可通,只有一个木筏,乃木居士掌舵,灰侍者撑篙,不受金银之谢,但遇有缘者渡之。尔今偶游至此,如堕落其中,则深负我从前一番以情悟道、守理衷情之言矣。"宝玉方欲回言,只听迷津内水响如雷,竟有一夜叉般怪物窜出,直扑而来。吓得宝玉汗下如雨……(第五回)

  这段文字不长,但隐喻颇多。"荆榛满地、狼虎同群"之地,体现出当时的社会现状;"无桥梁可通",折射出宝玉的真实心境。接下来,警幻为何劝宝玉"速回头要紧"?因为前方"迷津"难渡,"迷津"没船,正如岸上也无路,唯有"木居士掌舵,灰侍者撑篙",大家看这"掌舵撑篙之人"不就是心如槁灰者的化身吗?何为"遇有缘者渡之"?有缘人意味着,大家同样都是心如槁灰的人,同类相互度化,便可渡过"迷津"。但警幻是不同意宝玉"渡迷津"的,因为她是情的化身,她从前教导宝玉的不二法门是"以情悟道、守理衷情",就不是个出世的路子。就在紧要关头,"夜叉鬼"突然从"迷津"里窜出发难,这是要来和警幻抢人吗?这也显示出宝玉的精神状态——在出世和入世之间摇摆不定,两头都无比凶险。现实之凶险,让人避无可避;但"迷津"之凶险,是要吞噬人情,让人心如槁灰。对宝玉这般至情至性之人而言,这简直就是种精神折磨。

  从很多情节可以看到宝玉对大观园的留恋。"绣春囊事件"一出,王夫人"抄检大观园",司棋、晴雯、芳官、四儿等丫头

第九章 红楼大观：宝玉抗"礼"三部曲

一并被撵了出去，人间清醒的薛宝钗第七十五回也搬出了大观园。到第七十八回，写"宝玉又至蘅芜苑中，只见寂静无人，房内搬的空空落落的……怔了半天，因看着那院中的香藤异蔓，仍是翠翠青青，忽比昨日好似改作凄凉了一般，更又添了伤感"。如果说宝姐姐走了，宝玉还只是伤感，若林妹妹走呢？那定是要去他半条命的。"慧紫鹃情辞试忙玉"这节，紫鹃为了试探宝玉对黛玉是否真心，竟哄他说黛玉也是要回苏州老家的，结果真是吓得宝玉一下子换上了"痰迷之症"，也就是"癔症"，变得痴痴傻傻的，只剩下半个人。

所以说，贾宝玉如果最后真的要"渡过迷津"，中间应该还要经历一场、甚至几场脱胎换骨般的转变。但很遗憾，曹雪芹留下的前八十回里，只呈现出"春华、夏繁、秋悲"之笔，唯独缺失了一个生命大轮回中的终曲——"冬寂"。虽然《红楼梦》在第五回的判词，交代了很多人的命运，也能看到全书的大逻辑，以及石兄"因空见色，由色生情，传情入色"的人生轨迹，但我们还是无从知晓曹公关于最后"自色悟空"的大笔触。悲剧之所以动人，正因为它探讨的总是生命的终极关怀问题，人生哲理虽然渗透于整个叙事过程，但洗尽铅华的最后感悟，往往才能直达人心。

事已至此，再叹无益。那就再挖掘挖掘曹雪芹关于"渡迷津"隐喻背后的深意吧。我认为这对现代中国寻找"精神出路"问题，仍具有很大启发意义。

在"迷津"隐喻中，宝玉的状态是进退两难的——退，则又入艰难时世；进，则需断七情六欲。显然这都不是宝玉想要的。其实，摆在宝玉面前的，还可能有另外两条路——要么用他的"真儒"化身，在最纯净的先秦思想中去找寻社会改革良方，但必须做到知行合一；要么揭竿而起，来一场彻头彻尾的社会革命。显然，这两条路都超出了宝玉的认知，只能留给后世的洋务派和革命派再去探索了。

113

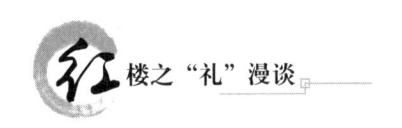

说到这，曹雪芹的历史局限性与阶级局限性，就彻底浮出水面了。但与此同时，我们不能否定他的时代进步性，因为他完成了属于他的历史使命——对无药可救的中国封建社会进行了一场杜鹃啼血般的血泪控诉，而且还是缠绵在一个个凄美的人情故事中，顺带还编织进去百科全书式的中国文化与智慧。不得不说，曹雪芹是集中国文学和文化之大成者。真可谓"开谈不说红楼梦，纵读诗书也枉然"！

　　顺着曹雪芹指出的"迷津"方向看，清末社会的确是"荆榛满地、狼虎同群"。我们再反观中国所走过的近现代历程，像极了古希腊神话中永远推石头上山的西西弗斯——石头被他费劲推上去，却又被诅咒掉下来，反反复复不知走了多少崎岖山路，但他的意志力非但没有消散，反而在不断重复的苦难中，被磨砺得更加坚毅果决。中国的近代革命也是如此，因为不是自发性的，而是被西方列强用坚船利炮轰开了中国近代史的大门，很痛，痛到了时至今日十四亿国人对那段屈辱史仍然历历在目，半点不敢遗忘。西方近代工业革命所释放出的巨大生产力，以及20世纪向外侵略扩张的力度，对古老中华文明造成的冲击力可想而知。但与此同时，外来压迫也催生了内部变革——中国民主主义革命，这些都不是曹公当年所能料想得到的。

　　可以说，曹雪芹所提出的救世方案，只是一种在封建框架内"反封建"无意识行为，而就连后来的洋务运动也没法治愈封建社会的"病"和清王朝的"痛"，因为它已病入膏肓，无药可治。正如李鸿章所说清政府如同一个风雨飘摇的"破房子"，而他也只能是个"裱糊匠"，无论怎样修都无法修好。晚清政府的腐朽，已经把整个国家机器带入一条"历史的死胡同"。此时，贾宝玉遁入空门也好，曹雪芹对时代拷问也好，还有李鸿章发起洋务运动也好，都已无计可施。旧中国需要一场彻头彻尾真正的革命，不仅要砸碎清政府那个"破房子"，而且还要平地起高楼，建立一个社会主义新中国。

本书已进入尾声，但《红楼梦》的故事还有好多未叙，中华"礼"文化的时间线也还在继续。时至今日，21世纪20年代的中国人再次站在了十字路口。向前走，抬头就能看见"中华民族伟大复兴"的曙光，但与此同时四周仍是"荆榛满地、狼虎同群"，因为中国的崛起已然动了美西方的"奶酪"。不过，中国人不会怕，道且阻长，行则将至。中国，早已在千年的历史沉浮中，淬炼出了钢铁般的意志和超强的文化韧性。但有一点很重要，我们要清楚，越是走长期主义路线，越需要精神支撑。所以，受西方价值观不断蚕食的当代中国，亟须重拾中国式信仰，重构精神文明体系，这是时代再次发出的呐喊。

曹雪芹为救世找寻良方，让宝玉化身为"真儒"，在中国古典文化中汲取养分。放在当代，这对我们是种莫大启发。中华民族的真正复兴，离不开寻根之旅——"迷津"万丈处，若不能从中华璀璨文明中重建信仰，恐怕很难再有其他"精神出路"。

后　记

　　红楼之"礼"漫谈，到这里就结束了。感谢大家跟我一起，来了一场有些天马行空的"精神散步"。在历时半年多的写作过程中，当文学经典邂逅了文化之美，我的心情整体是愉悦的。尤其是，发现用现代"俏皮话儿"来诠释《红楼梦》，很多复杂难懂的场景，分分钟就能搞定，而且还有趣。想到也许日后有读者看到这些搞笑而又不失干货的段子，就能缩短点与文学经典的心理距离，还是蛮有成就感的。

　　当然，这其中的辛苦，也只有自己知晓。人到中年，除了工作还有家庭，每天里里外外很多事，利用碎片化时间写作就成了常态，有时候甚至连吃饭都抱着电脑。要是有进展还不错，但更多时候是，走哪儿都背着沉沉的电脑，最后发现压根没空儿写。然后就开始自嘲，都是"老阿姨"了，何苦搞这么累呢？不过，这还不是最苦的，充其量算作焦虑感爆棚。更苦的是那种长时间写作。因为碎片化时间创作也有弊端，它不能处理大逻辑，所以，有时候能挤出一天时间专门写作，就倍感时不待我，往往一坐就是五六个小时，甚至更长。最投入的一天，居然突破了以前码字的极限五千字，逼近万言。这可都是这本小书的功劳啊。

　　本书虽小，却是我最爱的一本。之前创作过一本英文的写外交"闪避回答"的书，还有一本依托于博士论文谈英国脱欧及其身份重构的，两本都是学术专著，写作过程都可谓痛苦。当年导师跟我说过一句话,至今记忆犹新。他半开玩笑地说:"你写得有多痛苦,阅读你文章的人就有多痛苦。"想必是他读了我的博士论文,有感而发吧。当时唯一的感觉,就是觉得老师好儒雅,我都写成那样儿了,他居然没有痛批我。今天想来,一是感恩老师当年的风趣幽默,二是感谢他让如今的我懂得了写作也需要快乐。

所以,在这本小书里我尽可能搭建起一个框架——以文学为经,以文化为纬,分三个层面整合了众多红楼名场面和中华"礼"文化的那些事儿。不仅以茶、酒、云锦等物质文化为依托,还把中国的年节风俗和行医看病等制度性文化也纳入考量,再跟进一点点中国古典文化知识,最终得以跟您一起破解《红楼梦》中那些不起眼的小细节,领略曹雪芹那种千皱万染的写作手法,进入一种"文似看山不喜平"的鉴赏境界。另外,因为这本小书的定调是"漫谈",好几处写着写着,便不由自主地以古鉴今起来,会联系到当今一些时代问题,比如代沟、贪腐等,进行了对比式批判。最后,谈到《红楼梦》精神架构这个层面,尤其是"红楼女儿篇"以及宝玉抗"礼"三部曲,几易其稿,写后又推翻的部分多达几万字。这件事,让我再次领悟到,自己的功力还差得远呢。精神层面的东西,最不好把握——它宏大,需要看很多资料;同时它又深刻,就算看了很多资料,想要形成些许自己的独立思考,还要经历一个从量变到质变的过程,而这个过程是相当耗神耗力且孤独的。最后一稿整整改了一个月,人也瘦了一小圈。这里说句题外话,减肥的女性朋友们看过来,想减肥就使劲去做耗脑活动吧,用不着向减肥或医病机构交"智商税",精神损耗同样可以燃烧卡路里。

最后,还是要重申一下这本小书的创作意义。钱钟书先生曾说红学已成为一门显学,什么是显学?我的理解是,它至少有三点很独特:一是它里头的确学问很大,很滋养人;二是研究它的

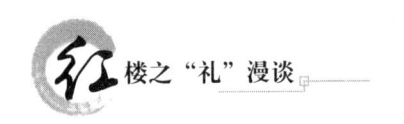

人也特别多,专家、大众都爱它;三是即便研究视角很多,但仍研究不完。所以,我对这本小书的期许就是,如果它能为您架起一座通往红学的文化小桥,我便甘之如饴!

参考文献

[1] 曹雪芹. 红楼梦［M］. 北京：人民文学出版社，2022.

[2] 曹雪芹. 红楼梦脂评汇校本［M］. 北京：清华大学出版社，2022.

[3] 曹雪芹. 红楼梦：亚东版［M］. 郑州：中州古籍出版社，2023.

[4] 鲁迅. 中国小说史略［M］. 上海：上海古籍出版社，1998.

[5] 钱亚旭，纪墨芳. 《论语》英译之差异的定量研究——以威利英译本和安乐哲、罗思文英译本中的"仁"为例［J］. 山西大学学报（哲学社会科学版），2013.

[6] 王国维. 红楼梦评论［M］. 上海：上海古籍出版社，2005.

[7] 王蒙. 《红楼梦》八十讲［M］. 北京：人民文学出版社，2022.

[8] 王朔. 无知者无畏［M］. 沈阳：春风文艺出版社，2000.

[9] 庸安意. 跟曹雪芹学园林建筑［M］. 南京：江苏凤凰科学技术出版社，2018.

[10] 周汝昌. 曹雪芹的故事［M］. 北京：北京出版社，2017.